疎まれ聖女、やり直し人生で公爵様の妹君の家庭教師になる

～貴方、私の事お嫌いでしたよね？なんで今回は溺愛してくるんですか～

あおいかずき

ill. 羽公

TOブックス

目次

イラスト：羽公　デザイン：世古口敦志（coil）

プロローグ〜公爵家令嬢の家庭教師〜

「エルネスタ先生、夜分申し訳ございません。数学の、予習の範囲なのですがお伺いしたいことがあります」

「まあ、なんでしょう、アメリア様」

まろやかなはちみつ色の長い髪を首の後ろでひと束に結んだ、花のように可憐な美少女がノートとテキストを抱えて部屋を訪れたのは夕食が終わって間もない時間だった。食堂でテーブルを挟んでいた時も、そういえば少し浮かない顔をしていた気がする。

勤勉で努力家であるこの教え子は、どうやらずっと解けない問題に頭を悩ませていたらしい。自宅用とはいえ仕立ての良い絹のドレスの胸に抱えた筆記具は、着ているものの華やかさとは対照的に実用的かつ使い込まれた感があるものだ。

母屋からこの離れにある私の部屋までは渡り廊下で繋がれているとはいえ少々遠い。しかし妹思いのこの娘の兄君が、彼女が怖がらないようにと取り付けさせた最新式のガス灯のおかげもあって、週に一度は夕食後にこうやって質問に来てくれる。

頑張り屋さんだなぁと私――エルネスタ・エマ・ヴィックラーは頬を緩ませた。下ろしていた銀の長い髪を、邪魔にならないようアメリアと同じく後ろでひと束にまとめる。難しい質問であっても付き合うつもりだ。

困った顔をしながら机にテキストを広げ、アメリアは一つの問題を指さした。オレンジ色に近いランプの灯りでも白いことがわかる指の先を見た私は、おお、と息を漏らした。

多項式の因数分解に関する計算問題の一つに、何回か書いたり消したりした跡が残っているではないか。今日の午前中にやった授業では整数の素因数分解までだったけれど、その後も興味の赴くまま予習範囲に突き進んでしまったのだろう。

まだ十一歳だというのにやはりこの子は好奇心が旺盛なのだなと感心する。それとともに、さすが歴代でも優秀と名高いヴォルフザイン公爵の妹だと納得してしまった。現国王の妹君でもあるお母上も相当に学識の高い方だったという話だし、血筋とでも言うのだろうか。

そう言えばこの子の兄君である公爵は、武芸も達者で知恵もあるといって王子の側近にもなっていたっけ。

五年ほど先の世界では。

「アメリア様、こちらは因数分解の問題です」

「いんすうぶんかい？」

「素因数分解は今日の授業で練習をしましたね？」

「はい。素数で割り算をして、割り切れないところまで続けて計算して掛け算の式に変形することです」

「そうですね。では、このように＋や－といった符号がついていて、二つ、三つの単項式が繋がっている式をなんと言いましたか？」

「多項式です」

打てば響くように返ってくる回答が心地よい。私は合っているという意味を込めて頷いた。

「良く覚えておいでですね。因数分解とは整数や多項式をいくつかの整数や多項式の掛け算の式に変形する計算方法です。それぞれの項を素数で割るのではなく、全ての項を見て共通して掛けられている数字や文字を考えることが必要なんです」

ん、とアメリアは頷いた。

これは次回の授業内容にと考えていたことだけれど、別に今教えたってなんの問題もな

い。夕食後の時間ではあるけれど、勤務時間外と言うこともない。

何故なら私は公爵家令嬢であるアメリアの三食付住み込み専属家庭教師であり、どの科目においても授業の進度は彼女の理解度次第なのだから。

人見知りが過ぎるために貴族の子弟が通う王立学校に行けないというアメリアのために、せめて人並みの教育を受けさせてやりたいという公爵直々の依頼で家庭教師を引き受けたのは半年ほど前のことだった。

いきなり屋敷に呼ばれ、戸惑ったのもまだ記憶に新しい。高貴な貴族の家の家庭教師など経験豊富な中流貴族や学者先生の奥方がやるもので、面識もない、しかも職歴もない田舎男爵の娘が就く職ではないはずだった。

しかし二十歳になり王立大学を首席で卒業したのに就職のアテが外れて途方に暮れていた私を、公爵とアメリアが是非にといって雇ってくれたのだ。

ありがたい気持ち半分、家庭教師など務まるだろうかという恐れ多い気持ち半分。責任の重さに戦々恐々として公爵家へやってきたが、幸いアメリアはとても優秀な生徒であり意欲的でもあるためやり甲斐がある。ちょっとした助け舟を出すだけで、あとは自力でひらめいてしまうような底力もあった。

こんなに優秀なのに学校へ行けないのはなんとももったいないことと思った。ただどの課程の王立学校でも教師陣がほぼ男性であり、教室で多数を占めるのが男子生徒であるという環境に馴染めなかったのだ。彼女が真の意味で深窓の令嬢として育っていたことが仇になった形である。

「ありがとうございます、先生。光明が見えた気がしますので、あとは私、自分で計算をしてみます」

「分からなくなったらまたいつでもいらしてくださいね。これから私も本を読みますので、母屋から見てこの窓の灯りが消えていなければ起きていると思ってください」

「本当ですか？　では分からなくなったらまた……ああいえ、夜遅い時間に先生のお手を煩わせてはいけないとお兄様に叱られてしまいますわ。今朝も、近いうちにまた何かご相談に伺いたいと言っておりましたし」

失礼いたしました、と可憐に微笑んだアメリアはお辞儀をしてドアを開けた。

すると、だ。

ドアの向こうに人影が見えた。すらりとした長身の男性が一人、腕を組んで立っている。この屋敷の主、ユリウス・カイ・ヴォルフザイン公爵その人だ。

遅い時間ということもあるのだろう、ゆとりのある絹のシャツにスラックスだけという簡素な出で立ちだ。顔をわずかに伏せているせいか黒い前髪が影をなして表情は窺えないが、ドアが開かれるとさも当然のように室内に入ってきた。

いくら雇用主であっても、女性の私室に一言も断ることなく入らないでほしい。という抗議は以前に却下されている。

その公爵は室内のアメリアと向かい合うと、顔を上げてにっこりと微笑んだ。

「疑問は解決したかい、アメリア」

「はい、お兄様」

「それは良かった。いい顔だ」

公爵は御歳二十一歳。歳の離れた妹君に話しかける声は、際限がない程に優しげである。アメリアが五歳の時にお母上が亡くなったそうで、そこからは兄君が母代わりとなってあれやこれやと世話を焼いていたというのだから、甘くなるのも当然と言えば当然か。

「さあ、では部屋に戻りなさい。遅くなる前に眠るんだよ。俺はエルネスタ先生と二人で、君の授業の進度について少し相談をしておこう」

授業進度の相談なら、と私は書棚にしまっておいた紙の束を引っ張り出した。

まだお若いとはいえヴォルフザイン家の当主の身。ご自身のお仕事も忙しいはずである。しかし素人のような私に任せた妹君の学びがどうなっているのか心配でたまらないのだろう。

であれば兄君を安心させて差し上げるのも家庭教師の務めで、どうせならアメリア本人を交えた方が話が早い。

私は引っ張り出した紙の束を机の上にさっと広げた。ここ数日行った授業のノートと小テストだ。公爵がわずかに顔をしかめたような気がするが、枚数が少ないと思われたのだろうか。でもそれは仕方ない。アメリアはとても優秀なので、テストの書き損じもあまりないうえにノートも重要事項以外は口頭で説明するだけで理解してしまうんだから。

「それでしたら是非アメリア様もご一緒に。こちらにございますのが本日行った地理の確認テストです。昨日まで学習した内容はほぼ覚えていらっしゃいますし、地域の気候と特産物の関係などもしっかりご理解いただいております」

「そ、そうか。よく頑張っているね、アメリア」

「そればかりではございません。授業前にはきちんと予習もされていらっしゃいますので、わたくしが準備した教材ではやや物足りないと感じられることも多いようです。予習でまとめられたノートを拝見しましたが、とてもよくできていらっしゃってもう少し応用的な内容に踏み込んでも問題ないかと。つきましてはわたくし、明日にでも街の書店と図書館へ行き適した教材を探してきたいと思っておりますがいかがでしょう。ああ、でもお天気が良ければお庭で生物の実物を観察しようということも考えておりまして、えええっと公爵様もお時間があればご一緒にいかがでしょう。涼しくなってきて、お庭の虫たちもとても元気よく――」

「ああ、もう、分かった。分かったから」

呆れたように眉を下げた公爵の顔が見えたと思った途端、大きな手のひらが視界一杯に広がった。

まずい、と私は口を閉じる。またやってしまった。

いろいろ説明をしなければ、と思った途端に口が止まらなくなってしまっていたのだ。

幼い頃からの私の悪い癖で、興味があることに関する話題ではついつい息継ぎを忘れるレベルで饒舌になってしまう。大人になってもそれは変わらず、むしろ大学で知識が深まった分悪化しているかもしれない。

首をすくめて縮こまっていると、公爵は私の目の前に広げた手で今度は私の肩を叩いた。

ぽんぽんとごく軽く当たるそれは、決して公爵が怒っているのではないと伝えてくれる。

しかしそれはそれで気まずい。

妹君の目の前で、気軽に女性の体に触れないでもらいたい。多感な時期に差し掛かるご年齢だし、勘違いされては困る。

「なるほどなるほど。アメリアがきちんと授業を受けてくれていてお兄様は嬉しいよ。そして先生はよく君のことを見ていてくれるようだ」

「先生、明日のお天気が良かったら、私、お庭で観察をしたいです。少し季節が進んだので、この前とは違う虫が来ているかも」

「ああ、アメリア。分かったよ、エルネスタ先生にそうしてもらおう。しかし今日はもう遅い。子どもはそろそろ眠る時間では？　君の授業の様子についてはお兄様がきちんと聞いておくから」

「お夕食が終わって、もうそんな時間に？」

いけない、とアメリアはドアの方へと駆け寄った。

「遅くまでありがとうございました。先生、お兄様、おやすみなさい、また明日よろしくお願いいたします」

「ああ、おやすみ」

優しく微笑んだ公爵に、アメリアはまたお行儀の良い返事をして踵を返した。

「アメリア様……！」

私は咄嗟に手を伸ばしたが、公爵に手首を掴まれ止められる。ぎくりとして隣を見上げれば、意味ありげに微笑んだ黒い目と視線がぶつかった。う、と私の喉から変な声が漏れる。そこでやっと気がついた。

授業進度の相談なんて、ただの口実だということに。

アメリア様、どうかあなたの兄君も一緒に連れて帰ってください。いや、授業の内容や授業態度の話であれば自分も聞きたいと言ってください。

そう言いたいけれど言えない。言えば理由を聞かれるだろうし、私だって可愛い教え子の天使のような微笑みを曇らせるのは本意ではない。兄に絶大な信頼を置いている従順な妹君は、保護者である兄君が先生と相談するといえばそうなのだな、と何の疑問も持たないに違いないのだ。

ちょっとくらいは一緒に聞くって言ってくれないかなと希望を持ってもいいだろう。しかし私のそんな願いは聞き届けられるはずもない。小さな背中は振り返ることなく去っていき、ドアがぱたりと閉められた。そしてそれが合図であったかのように、私の体は公爵に抱きすくめられてしまった。

肩と腰にしっかりと腕を絡ませられ身動きが取れない。それでもわずかばかりの抵抗として身を固くしていると、耳の後ろでくすくすと含み笑いを漏らす公爵の声が聞こえた。

「何なんですかもう！」

「なんだはないだろう？　激務の公爵に癒しを与えてくれても良くないか？」

「ちょっと待って、そこで喋んないでください！　それに、昨日夕食をご一緒したじゃないですか！」

「喋るなと言われてもなあ。それに丸一日会っていないんだ。ちょっとは堪能させてくれ」

耳元で公爵の低い声がすると、吐息がもろに耳たぶに触れた。ぞくりとする痺れにも似た甘い感覚に思わず膝が崩れそうになる。

「やめ、そこで、喋んないで……！」

自分の口から漏れた声が驚くほど甘い声音になり、私は手のひらで力一杯公爵を押し返した。しかし武芸にも秀でていると噂の公爵の体はびくともしない。私を抱きすくめた姿勢のまま、くくっと可笑しそうに喉を鳴らしている。それが悔しくて、私はがむしゃらに腕に力を込めた。

「どうした？　逃げないのか？」

「逃げ……！　離し……てってば！」

「全く、君は学習しないな。頭を使うことならともかく、体を使うことであれば別だ。君の力で俺の腕は解けないよ」

面白い余興でも見つけたかのようにはしゃぐ公爵の声に苛立ちが募る。性別の差もあるのだ、敵うわけがない。元から体力には自信がないので、すぐに息も上がってきた。しかし遊ばれたままというのも癪に触る。

「揶揄うのもいい加減に……！」

「って、揶揄ってはいないさ。我が愛しの婚約者様に愛を囁いているだけだよ」

「って、フリだから！　二人っきりの時には必要ないでしょ！」

雇い主に、しかも相当に身分が離れている相手を前にしているとは思えないほど語気が荒くなった。

しかしそれで潮時と見たのだろう。私を拘束していた公爵の腕が緩む。

「フリのつもりはないんだけどなぁ。そう力まないでくれよ。君の澄んだ菫《すみれ》色の瞳が赤くなりかけているぞ」

心底残念そうに、しかしくすくす笑いながら両手を上げて降参のポーズを取る公爵に、私はむっとして襟元を直した。髪もそうなのだが、もともと色素が薄い私の瞳はちょっと興奮すると赤みを帯びるのだ。

「力ませたのはどこのどなた様でしょうね。およそ女性に対する態度とは思えませんけど。しかも公爵様、貴方、私のことお嫌いだったじゃないですか」

「いつのことを言ってるんだ。蒸し返さないでくれよ。緊張を解く暇もない王城での仕事を終えて帰ってきて、君とのこのひとときが俺の癒しなんだ」

「付き合わされる身にもなってください。じゃれ合いをお望みでしたらよそを当たってほしいものです」

こっちだって毎日仕事で疲れている。月に銀貨数百枚という家庭教師としては破格の待遇だけれど、拘束時間は長いし事前準備もすべてやらなくてはいけないというのはなかなかに骨が折れるのだ。

雇用主の悪ふざけに付き合っている時間があるなら、早く寝るか新たな教材を作る方に時間を回したい。しかし当の雇用主はこうやって時間ができた夜などにこちらの部屋へきて、ひとしきり触れ合う時間を過ごすのが日課になってしまっている。

ふう、と両手を下ろした公爵は、テーブルの横で椅子に腰かけた。やれやれとでも言いたげに肩を竦め、手元の紙の束をぺらぺらとめくっている。

「だから、君がいいんだって言ってるだろう。俺、相当我慢してると思うけど？」

「は？」

ちょっと目尻を吊り上げて睨むと、公爵はすぐに首を振った。

「いや、こっちのこと。さて、ではアメリアの授業について、具体的な話を聞こうか」

「……はい」

そう言われれば異論はない。そもそも、口実とはいえ公爵がここに来る理由の一つはアメリアの学習に関する確認作業なのだから。
私は気を取り直して今日の授業内容と定着度を中心に公爵へと説明したのだった。

十五年先の悪夢の記憶

「ヅィックラー男爵令嬢、エルネスタ・エマ・ヅィックラーを反逆の罪で斬首とする」

ぐるりと高い石塀で囲まれた広場には、春を前にした冷たい風が吹いていた。中央に盛られた砂はどす黒く変色しており、そこが無数の罪人たちが血を流したところであると告げている。

夜が明けきらぬうちに連れてこられた刑場で声も高らかに処刑を告げたのは、信じられないことについ先日まで愛を囁いてくれていた人の唇だった。いや、先日どころではない。昨日の朝、明日は私の誕生日だからといって金の首飾りをつけてくれたではないか。

しかし緩く波打つ艶やかな黄金色の髪の下で私を見つめる青い瞳は、まるで知らない人のもののように冷たい。

――アルベルト・ルエラスス・レンバー。このレンバルト王国の王子にして、王位継承順一位で近い将来王位を継ぐ方は、まるで感情の無い人形のような表情のまま私を一瞥すると、そのままくるりと背を向けた。

「殿下！　アルベルト様！　これは一体どういうことでしょうか！　反逆とは一体！」

後ろ手に縛られ白い麻の夜着姿で砂地に跪かされたまま、私は声の限りに叫んだ。身を乗り出しそうになるのを左右に立った衛兵に取り押さえられる。がっしりと肩と頭を掴まれ、顔ごと砂地に倒れ込んだ。そのはずみで額の飾りが、ちゃりんと音を立てて地に落ちる。

「殿下！」

「この国の聖女ともあろう君が、まさか国の転覆を謀っていようとは、とても残念だよ。ユリウスの進言通り、君は相当な悪女だったというわけだ」

「ぬ、濡れ衣です！　国家の転覆など、私は！　私は安寧の祈りを捧げる聖女で……！」

「聖女の身分は剥奪だ。いや、君が聖女だったという記録も抹消しよう。もちろん君との婚約も破棄する」

「待ってください！　私は反逆など企んではおりません！　証拠を！　裁判を！」

「往生際が悪いとはこのことか。既に君が隣国の密偵と通じていたという証拠はこちらが掴んでいる。裁判はいま、この場がそれだ。衆目に晒されないで済むだけありがたいと思ってもらおう」

「証拠なんて……！　それは本当なのですか⁉　一体どんな証拠が！」

「それは自分の胸にでも聞きたまえ。全く、国をあげて育て上げた聖女が敵と密通して裏切ったなど、王家の恥もいいところだよ」

「待って！　アルベルト様！」

淡々と言葉を連ねる王子は、私には背を向けたままだった。

裁判の体を成していない糾弾、身に覚えのない「反逆」、そして「密通」。何が何だかわからないまま、私は地面に四つ這いになったまま必死に叫んだ。しかし日頃は丁重に扱ってくれていた衛兵も力を緩めてはくれない。乱れて顔に被さってくる自分の銀色の髪が邪魔をして、だんだん彼の姿が見えなくなっていく。

昨日までの優しい面影はどこにいったのだ。愛していると囁いてくれていたのに、なぜ信じてくれないのだ。悪い夢なら一刻も早く覚めてくれ。両目からぼろぼろと涙が溢れて止まらない。頬を伝い落ちるしずくは、刑場の砂に新しい黒い染みを作っていた。

しかしどれだけ叫んでも王子は振り返ることはなく、私からどんどんと遠ざかっていく。その向こう側、王子を待つように佇む一人の少女がいるのが見えた。薄明の空に透けんばかりに白く輝く髪を靡かせ、淡い黄色のドレスを着て不安そうな面持ちで立っている。その少女は私と目が合うと唇を戦慄《わなな》かせた。

「マルガリータ！　これは一体どういうことなの？　お願い、教えて！」

お姉様、と彼女の声が聞こえた気がした。しかしその口元はすぐに王子の肩で遮られて見えなくなる。次の瞬間、私は息を飲んだ。

覆い被さった前髪のせいで狭められた視界の中、王子の腕がマルガリータの細い腰に回されているのが見えたのだ。

何故、という言葉はもう声にならなかった。

——捨てられたんだ。

それだけは悟った。

十年以上にわたる修行の末、国王から聖女に任命されて五年。来る日も来る日も国の繁栄と民の安寧を祈り続け、任期を全うする直前にこんなことになろうとは。

失望で全身から力が抜けていく。

私の後継として育てられたマルガリータはとても優秀で、聖女の才能を有していると言われる証が発現したのが早かった。確か今年で十八歳。次代の聖女として最終候補生達が王家の方々に謁見した時、少女達の中でもマルガリータの緊張した面持ちが初々しいと話題になっていた。

その若く、美しく、まだ聖女に任命されていない少女を王子が見初めたのだろう。幼い頃から親元を離れ聖女としての教育を受け、この国のためならと職務に励んだというのに。王子と出会い、ゆくゆくは王妃にと望まれ過分な幸せについて神に感謝を捧げていたというのに。こうも簡単に打ち捨てられてしまうとは、私が日夜祈りを捧げていた神には血も涙もないのだろうか。

祈る言葉もなく絶望に打ちひしがれ項垂れた私の視界に、砂を踏みしめる音とともに黒い靴が現れた。

「やはり俺の勘は正しかったということか」

感情を感じさせなかった王子のものとは異なる、憎しみに満ちた低い声に恐る恐る目線を上げる。そこにあったのは憤怒の表情を隠そうともしない、一人の男性の顔だった。ああ、と私は命乞いのための言葉を考えることも放棄した。

常に王子に付き従っている最側近である彼は、私のことを嫌っていたはずだからだ。

短い黒髪の下にある漆黒の瞳は、激しい怒りの炎を燃やしているかのようにぎらぎらと滾《たぎ》った光を宿していた。もう、終わりだ。

「貴様は希代の悪女として王国の歴史に刻まれることだろう。やれ」

彼の号令がかかると、傍らの衛兵が斧を携えて近寄ってきた。

せめて実家には責任が及びませんように。そう願わずにはおれない。地に伏したまま目を閉じると、瞼の裏に領地で待っているはずの父母の顔が浮かんだ。王子との婚約を伝えた時、恐れ慄きながらも祝福してくれた父と母に心の中で詫びる。

そして。

抵抗を諦めた私を取り押さえていた衛兵が、手に持った斧を振り上げた――。

「うわあああああ！」

どすん、と体が揺れた瞬間、私は絶叫して飛び起きた。全身からぶわっと汗が吹き出る。

「お嬢様？　エルネスタ様、どうされました？」

「……え？」

聞き慣れた女の声で名を呼ばれ、私は目を二、三度瞬かせる。そしてゆっくりと手を持ち上げ、首と頭を押さえた。

切れていない。

繋がっている。

身体と、首が。そしてはらりと肩から滑り落ちた銀色の長い髪が頬に当たってくすぐったい。……ということは、感覚があるということで。

斧で首を落とされたのではなかったか。と辺りを見渡せば、そこは砂が敷かれて石壁で覆われた刑場ではなく見慣れた自室であった。でも、王城の一角に与えられていた聖女の部屋ではない。そして代々使われていたと言われているだけの調度品が置かれた、実家の部屋でもない。

座っているのはベッドの上だ。天蓋もないしベールも垂らされていない。飛び起きた勢いでぐしゃぐしゃになっているのは絹ではなく麻のシーツだ。ふと動かした視線の先には木製の本棚がいくつも並び、中には本がぎゅうぎゅうに詰め込まれている。

レンバルト王国の城下にある、王立大学校寮の自室だと気づくのにそれほど時間はかからなかった。

またあの悪夢か、と私は盛大にため息をついた。

「お嬢様、寝ぼけてらっしゃいます？」

声の主を振り返ると初老というにはやや若い、気心の知れた侍女のハンナの顔があった。紺を基調とした仕事着に白いエプロンをつけ、癖のある赤毛は上手に白い帽子にしまい込んでいる。散らかしたままになっていた本を片付けてくれているのだろう、腕まくりをした左右の手には三冊ずつの本が抱えられていた。

「なんですか、ぼうっとして。嫌な夢でも見たんです？」

「……まあ、例のやつよ」

「ああ、あの、聖女になったお嬢様が王子殿下の婚約者だったのに捨てられて処刑されるってやつですか」

「そ、毎回斬首の瞬間に目が覚めるのって、嫌な気分だわ」

そりゃ嫌ですねぇ、とハンナはあまり興味なさげに相槌を打つと、持っていた本を棚の上に置いた。そしてテーブルのコップに水を注いで渡してくれる。小さな頃から身近にいて世話をしてくれる侍女だから、私がこの夢を幾度となく見て飛び起きていることをよく知っているのだ。

つまり、聞き飽きた、ということである。

受け取ったコップの水を一口含み、ゆっくり飲み込むと食道からおなかまですうっと冷たいものが通り過ぎていく。夢見の悪さに高ぶっていた神経が落ち着く感じがして、私はもう一口水を飲んだ。

さて、この悪夢を最初に見たのはいつだったか。それは明確に覚えている。十歳の誕生日を迎えた夜中だ。今と同じように飛び起きてわんわんと泣いた時から数えてもう十年。人生の節目ごとに蘇ってうなされる悪夢の話など聞かされ続けていては、気の置けない仲の侍女とはいえもう耳にタコができると言われても仕方ない。

私も毎回、起きるたびに嫌な夢だったと言って終わらせる。だって現実ではありえないからだ。

そもそもうちの家は歴史は古いが、父は男爵の爵位を持つに過ぎない。貴族の中でも低い身分とされる男爵家の娘が王家の息子と婚約をするなど、たとえ娘の方が聖女に任命されていたとしても難しい話だろう。そしてその男爵家の娘である現在の私の身分は、聖女ではなくただの大学生だ。年齢も学年も違うので、お相手たる王子とは出会いようもない。

でも——実はハンナにも、そしてもちろん両親にも告げていない秘密がある。

この悪夢が、私の前世の最期の記憶だということを。


初めてこの夢を見て目覚めた時、私はベッドの中で震えながら前世の記憶の全てを思い出したのだ。私が大人であった頃の、この国の聖女であった頃の記憶だ。

前世におけるヴィックラー男爵令嬢、エルネスタ・エマ・ヴィックラーは十歳の誕生日を迎えた朝に「聖女の才能を持つ証」とされているあざが発現した。それが発覚すると親元から離れ、修道院に入りおよそ十年にわたり聖女候補生として同期数名の女子達とともに教育を受けた。修行が認められ試験に合格し、二十歳になるとこの国の聖女に任命された。

「聖女」とは神職の一つで、レンバルト王国が成立したおよそ千年前より続く、選ばれた未婚の女子だけが就ける聖なる職業だった。古くは神の声を王や民へ伝え国を正しき方向へ導くものだったらしいが、政が王一人の手で行われなくなり議会が開かれるようになって形骸化したと言われている。

王城内の祭壇を主な仕事場とし、日常的な祈祷と占い、そしてこの国を守護する神を祀る様々な儀式を執り行い五年の任期を終える間際。式典の際に何度か一緒になることがあったせいか、王家の嫡男であるアルベルト王子に見初められ、あっという間に婚約となった。ここまでならただの充実した幸せな日々の記憶である。しかし甘い時間は長く続かなかった。

この国の祭祀の要である聖女とはいえ元々は身分も高くない男爵家の娘である私に対し、王家や他の貴族の面々、そして議会すら良い顔をしなかったのだ。そんな中でも王子は私を愛していると言い守ってくれていたが、裏切られ、二十五歳の誕生日に反逆罪で処刑された。

これが思い出した内容のあらましである。

恐ろしいほどの臨場感と、これ以外にも生まれたときから続く一生分の記憶があることから、予知夢の類ではないと十歳という年齢だったが直感で理解できた。

そしてこれがただの悪夢や、睡眠不足による混乱ではない証拠もすぐに見つかった。自分が首を落とされる恐怖にべそをかきながら自分の右の内腿を確認すると、そこに前日までは影も形もなかったはずの薔薇の花を思わせるあざが浮かび上がっていたからだ。

夢で見た大人の自分の内腿にあったあざと全く同じものだった。つまり、信じられないことだったけれど二十五歳で処刑されたはずの私は、十歳の頃の私に生まれ変わっていたのだ。

もう一度人生をやり直せる、と思ったのもつかの間だ。私の背には冷たいものが走った。浮かび上がったあざが両親に知られたらまた聖女にさせられてしまうと気づいたからだ。修道院へ連れていかれ十年修業し、そして聖女となったら二十五歳で処刑されてしまうかもしれない。

そんなことになるのはもう嫌だ。私はきちんと寿命を迎えるまで生きたい。たとえ前世と同じ二十五歳で死ぬのだとしても、訳も分からない理由で処刑されるなどまっぴらだ。

そう思った私はすぐさまそのあざを隠し通すことに決めた。幸いなことに内腿とはいえ足の付け根に近いところにあるあざだったから、服や下着をかなり上までまくり上げなければ見つかることはない。その翌朝から私が一人で着替えを行うようになり、それまで身の回りのすべてを手伝ってくれていたハンナは驚いて大層褒めてくれたっけ。

ベッドに腰かけながら、そっと内腿のあざのあたりに手を添えた。年月が経っても前世の通りこのあざは消えることはなかったけれど、私は今こうして聖女とはかかわりのない王立大学校というところで生きている。

私は両手を胸の前で組み、朝日の昇る東側に向けて祈りの言葉をささげた。聖女の修行中に叩き込まれたもので、生まれ変わっても身体、いやもう心に染みついた動作として十歳のころから続けている。あの頃に祈りをささげる神様を今も信じているかといえば否定できる。だって神様がいたらあれほど熱心に祈っていたはずの私を助けてくれないはずがない。けれどやらないと落ち着かない動作なのだ。

祈りを終えて目を開けると、ハンナがニコニコと機嫌のいい笑みを浮かべていた。

「さ、お嬢様、今日は待ちに待った卒業式と祝賀会ですよ。早く起きて支度をしてくださいまし」

「あぁ、そうだったわね。節目の日だからあの夢を見たのかしら」

「これでようやく領地のお屋敷に戻れますし、ようやく男爵様もお嬢様のお嫁入り先を決めることができますわね」

「ようやくって、私、男の人と結婚する気はないって昔から言ってるじゃない」

私が四年前の入学と同時に王都にある大学寮へ入ると、それに伴って侍女のハンナも王都へやってきた。ほとんど里帰りをしないまま勉強を続けていた私とは異なりちょくちょく用事があると言って領地へ戻っていたはずだけれど、やはり地元の恋しさは別格なのだろう。いざ卒業と退寮が近づくとハンナは目に見えてホクホクとしている。ホクホクついでに、ことあるごとにこうやって結婚を勧めるのだ。

「そもそもね、お嬢様は結婚する気はないとおっしゃいますけどね、そういうわけにはまいりませんでしょう？　男爵家のお嬢様がいつまでも独り身でふらふらしているなんて、妙な噂話のもとになりますよ」

「私、まだ大学生だし、まだ二十歳よ？」

「もう二十歳、でございますよ。まったく、ただでさえ勉強好きの変なお嬢様と言われているっていうのに、危機感のない……」

「そんなこと言うの、ハンナだけでしょ」

「いいえお嬢様。領地の者はみぃんな噂しておりますよ。頭がいいばっかりの女は殿方に生意気と思われてしまいます。大学出なんて、避けられてお嫁入り先がなくなったら大変です。領地に帰ったら本など読めないふりをなさいませ」

ハンナはぶつくさ言いながら、私の持つ空のコップを受け取った。

自身が十四、五で今の夫と結婚し、子どもを五人も育て上げたという彼女にとっては、好き好んで実家を出て大学に行き勉強をしている私のことを理解しがたいのだろう。王都ならまだしも、男爵領がある地方ではハンナの言っているようなことが当たり前の価値観とされている部分もあり、結婚しないという私の価値観は理解してもらえなくても仕方ない。

しかし聖女にならないのであれば、あまり裕福とは言えない男爵家の一人娘である私には将来の選択肢が少ない。年頃になればどこか家柄が釣り合う貴族のご子息と結婚し相手の家に入るか、あるいは夫を迎えて父の領地経営の手伝いをするか、というのが一般的な成人女性の進む道だろう。現に母にも、祖母にも、そして侍女のハンナにも子どもの頃から何度となく言い含められている。

いずれ男の人の妻となって家にいる生活になる。それはなんとなく、いや、たまらなく嫌だった。

妻となって家に入ってしまえば、何をするにしても父や夫の言うことを聞かなくてはいけない。女主人として家を切り盛りしなければいけないとはいえ、個人的な裁量の余地は大きくないしなにより世界が狭くなる気がする

最期は悲惨なものだったが、修行に明け暮れていた日々は充実していたし、王城や季節によっては地方に出向いて行う聖女の仕事は責任が重くやりがいがあった。たとえその仕事が形式をなぞるだけであったとしても、人様の役に立っているという実感はあったし。

そういった家以外の仕事を知ってしまっている以上、家や屋敷に籠って仕事をするというのはひどく退屈に感じるのだ。だから外に行きたい。家のことではなく、社会に役立つ仕事を得たい。

かといって改めて聖女にはなりたくない。前世は祈っているだけだった。けれど、今生では自分の力で運命を切り開きたい。

だから私は十歳を境に必死に勉強をすることにした。週一回やってくる家庭教師が舌を巻くほど勉強し、父に無理を言って十六歳になった時に王立大学校へ入学をした。古今東西、知識は身を助くという。勉強をして大学を卒業すれば、女であっても試験を受けて公的な職に就けると聞いたからだ。

「そんな本当の自分を偽ってまで結婚したいわけではないわ」

「お好きな男性ができれば結婚したくなりますよ。そういえばほら、ご覧になりました？　先週発表された聖女様の占い。鈴蘭の月生まれの恋愛運が高まって、運命の出会いがあるかもしれませんですってよ」

「恋愛結婚ってこと？　それも嫌。そもそも占いなんて、そんな非科学的なこと信じられるわけないし、私、もう恋なんてこりごりなのよ」

「恋人なんぞいたためしもないでしょうに、何をおっしゃっていることやら」

ふふっとハンナは肩を揺らした。二十歳になったというのに男性との個人的な交際歴がないことなど、お付の侍女ならばすっかりお見通しというわけだ。

たしかに私には個人的に男の人と交際した経験はない。ただそれは今生では、の話で前世を含めた場合は王子としっかり恋愛して婚約までした実績がある。しかしあの裏切りにあってからというもの、すっかり男の人に対する警戒心が高まってしまい新たに恋をするという気分になれない。

一人の男の人に夢中になって、またあんな思いをするのは怖い。命の危険があろうとなかろうと心が張り裂ける思いをするのはもう散々で、男性と深い仲になりそうなことは意識的に避けてきた。

大学に在籍しているのは貴族の子弟のほか、納税市民の長男や裕福な商人の子女で言ってみれば出会いの機会は豊富にあった。教室の八割が男性であることからお互いに会えば話くらいはする仲にはなるものの、それ以上になると踏み込めない、踏み込ませないという態度をとっていたせいもあり、この年になるまで恋人の一人もいない。ハンナはそれがちょっと面白くないのだろう。

お目付け役でもあるくせに、主人の娘に恋人を作るように勧める侍女もなかなかいない。もし私に恋人の一人でもできれば、ハンナは嬉々として実家の両親にご注進として報告したに違いない。そしてそれを受けた両親は、卒業後に結婚を勧めるため水面下で話をつけようと動いただろう。

結婚したくないという私の意思など、田舎の慣習の前では無力である。

しかしそれを避けるために無我夢中で勉強をしていた結果、私は王立大学校の首席として卒業できることになったのだ。

前世の記憶を持っていた分、読み書き計算、歴史分野、科学分野の知識の蓄えがあったことも幸いだった。ただそれだけで首席を取れるほど大学は甘くない。必死に学び、研究をしたおかげで今日の卒業を迎えられたことは今生における私の誇りになるだろう。

「さて、と。卒業式に着ていくドレスの準備はできているかしら」

「お父上から数日前に届いておりますよ。奥様がお若いころにお召しになっていた式典用のドレスをお直ししたものだそうです」

「ああ、あの赤いベルベットのドレスね。分かったわ。それに着替えます」

「では下着のお召し替えとコルセットの準備をしておいてくださいな。今お持ちします」

そう言うとハンナは寝室から下がった。隣室のクローゼットから彼女がドレスを持ってくる前に、私は急いで寝間着からドレス用の下着に着替える。この時ばかりは手早くやらないと、万が一にもあざを見つけられると厄介だ。

ごく薄い麻の下着を頭からかぶり、腹回りにコルセットを当てて締めているとすぐにハンナが赤いドレスをもって帰ってきた。私が自分でコルセットの紐を締めているのを見て、ちょっと眉をひそめるのはお約束である。

どうしてかといえば、それは私の締め方がゆるゆるだからだ。

「お嬢様？　何度も言ってますけど、その締め方じゃちっとも腰が細く見えませんよ。今日のドレスはベルベットで生地も少し厚めですし、胸と腰の差が出にくくてスタイルが……」

「いいのよ、私、苦しいの嫌いだし」

「そうは言ってもですねぇ……」

ぶつくさ言いながらもハンナはそれ以上紐を引っ張ることをせずに、二層になったパニエをコルセットに装着してくれた。これも普通であればもう少し層を厚くするのだけれど、私がスカートをあまり広げたくないということを知っているから控えめな量である。

「お嬢様は全く、洒落っ気というものがないんだから……」

「だって、ただでさえ髪の色で目立つんだからあまり派手にしたくないのよ」

私はドレスを着せられながら自分の肩に垂れた長い髪をひと房つまみ上げた。父にも、母にも似ていない。珍しい銀の糸のようなそれは屋内に差し込む朝日を反射してきらきらと輝いている。これを小さくお団子のように結い上げず垂らしたままにしておくなら、祝賀会場でどれだけ目立つか分からない。人前に出るときはできるだけ小さくまとめておこうとしていたら、いつの間にか背中の真ん中より長くなってしまった。

「もったいないったらありませんよ。今日くらい、もう少しちゃんとお化粧させていただけません？」

「いつもと同じでいいわ。この目の下のクマくらいはどうにかしたいところだけれど」

「お粉は？」

「軽くお願い」

だって本当に目立ちたくない。自分で言うのもなんだけれど、未来の世界で聖女になって王子に求婚されるだけあって、二十歳の現在でもまあそれなりに美しく育ってしまっているのだ。さすがに王城内で専門の侍女に磨き上げられていた頃と比べれば足元にも及ばないが。

でもだからこそとにかくひっそり生きていきたい。男性の目に留まりたくない。ハンナなんかは毎日のようにもったいないもったいないというけれど、下手に目立って高貴な身分の人に見初められでもしたら、男爵家風情ではお断りすることすら失礼と糾弾されてしまう。であればひっそりと地味にしていたほうがいい。

粉を叩き終え、ささっと眉を描き唇に紅を差したらあとは仕上げだ。私は枕元の卓に本とともに置いてあった眼鏡を手に取る。眼鏡が必要なほど視力が悪いわけではないけれど、これがちょうどいい具合に目元をごまかしてくれる。些細な目の色の変化も気づかれにくいし、眼鏡を着けているというだけでなんとなく他人に踏み込まれない感じがして安心感がある。

式典と祝賀会という晴れの場を迎える日であってもいつもと同じ極太の黒縁眼鏡をかけた私に、背後でハンナは小さくため息をついて見せたのだった。

予期せぬ招待

王立大学校をはじめとする教育施設は、王都の中央地区にある王城の隣に集約されている。屋外に出て空を見上げれば、そびえ建つ王城が否が応でも目に入る仕様だ。将来国の重要な役職に就くことを期待されている上級貴族の子弟達が通うということもあって、立地の利便性のほか、城を近くに感じておけという設計者の狙いもあるのかもしれない。

初めて来た時は城とあまりに近くて、王子に会いやしないかとヒヤヒヤしたけれど王家の方は大学には入ってこないのですぐ安心できた。学年も違うし、王子が手がけていたの

は教育機関ではなく商業の活性化だからそんなもんだろう。今も同じであれば、だけれど。敷地の中には研究施設も兼ねた大学の他、初等学校、高等学校も建てられており、食堂や王立図書館といった福利厚生施設も充実している。卒業式が行われるのは大学の式典用の広間だったが、祝賀会は家族や来賓を招く関係上、敷地内で一番広い全学共用の大広間で行われることになっていた。

つつがなく卒業式を終え、私は晴れて大学の卒業証書を手にしていた。

首席として名を呼ばれ学長のいる檀上に進み出たとき、広間に集まっていた同期や教官から声が上がっていたがそれらがすべて賞賛だったわけではない。約百人の同期の中で女性は二十人に満たない。女が首席、という訝し気な声もあれば、女のくせにとやっかむ声も少なからず聞こえていた。

王立大学は四年の在学中、史学、法学、科学、工学の分野に分かれて学問を修める。各分野で優秀な成績を収めた者の中から業績——例えば論文の出来だったり研究発表した数だったりするものを比較してその年の首席を決めているんだから、称号が欲しければ努力すればよかっただけの話だ。

でも努力しなかった連中のひがみや妬みなどはどうでもいいくらい、私は浮かれていた。これでようやく自力で公的な職をつかめる機会を得たのだから。

次は官吏の任用試験だ。武官はどうしたって無理だけど、文官狙いならこの成績でぶっちぎりで採用されるに違いない。

心の中で拳を握ったまま式後に続く祝賀会のため全学共通の大広間へと歩いている途中、同期の男子学生の一人が声をかけてきた。

「やあヴィックラー嬢」

トレス伯爵令息、エウゼビオ・ミレレス・トレスという学生だ。がっしりとした体型を強調しているが決して窮屈そうに感じさせない上等なスーツを着て、大広間に続く渡り廊下でこちらを振り返っている。日の光が当たると額から後ろへ撫でつけてある明るめの茶の髪が金色に透けて見えた。

「首席で卒業、おめでとう」

「ど、どうもありがとう」

にっこりとエウゼビオに微笑まれ、私も釣られて口角を上げて挨拶を返す。

普段それほど親しく話すわけでもない相手だけれど、祝福をされたのであれば返事をしないわけにもいかない。ただ何の用だろうと私は少しだけ首を傾げた。その間、話しかけてきた本人は悠然と、やや胸を反らせるように堂々とした風情で歩み寄ってくる。

エウゼビオは成績でいえば次席、つまり私のすぐ下であり、試験の度に私の点数を探りに来て毎回がっかりしたり叫び声をあげたりしていた相手だ。どちらかといえば私の成績を妬んでいたはずである。

卒業式でひそひそと聞こえたやっかみ声を思い出し、私は思わず身を固くした。しかし予想に反し、歩み寄ってきたエウゼビオは晴れやかな表情で私の前に立った。

「入学して四年。ついに一回も試験の点数で君に勝てなかったよ」

「え、と、エウゼビオ様も毎回素晴らしい成績でした。語学は特に僅差が多かったと……」

「嫌味かな？」

しまった。言葉の選択を間違えた。私がはっとして口をつぐむと、隣に立って歩きだしたエウゼビオはくすくすと笑いながら肩を揺らした。

「すみません……」

「気にしてないよ。僕は一度も総合で君に勝てたことはなかったんだ。毎回毎回、本当に妬ましかったもんだが」

「わ、私のほうはエウゼビオ様がいらっしゃってくれて、とても励みになりました。いつも追い抜かれないように必死で勉強する理由の一つになったというか、その……エウゼビオ様あっての今の私ですね」

へえ、とエウゼビオがまた笑う。ごつめな見た目のわりに、屈託のない笑顔だ。伯爵家の坊ちゃんだし、毎回のリアクションを見る限りプライドも高そうだと敬遠していた相手だっただけに、意外な一面を見つけた気分になる。

しかし、だ。額に落ちた髪のひと房をかき上げる仕草がやけに大げさだ。指に跳ねられた髪は勢いよく側頭部に当たり、今度は二房ほど余計に額へ落ちてきている。

「卒業年次は試験も難しかったし、どおりで今年は一際熱い気持ちになったわけだ。僕も、君も。そして君はしっかりと僕の前に立ち、僕へ自分の存在を主張してくれたんだね」

「は、はい？　ああ、そうですね。今年の夏は特に暑かったですね」

「大丈夫、君のその熱い気持ちはしっかり受け取ったよ。次は僕が君の期待に応えよう」

妙に機嫌が良くなったエウゼビオの言葉の意図を掴みかねた私は、愛想笑いを浮かべて首を傾げた。

追い抜かれないように必死だったというのは本当だったけれど、その気持ちを受け取るとはどういうことだろう。二位に甘んじていてくれたということか。そうだとするとなんか見くびられたようで納得がいかなくなる。

頭の中でうーんと考え込んでしまったが、エウゼビオは上機嫌のまま私の横に回りこみ並んで歩きだした。

「ところでヴィックラー嬢。ご実家は、えええっと男爵領は東のほうだったと思うが、今日はこちらにお父上やお母上はいらしているのかな」

「いいえ、春先は領地の税収についての取りまとめが忙しいので、あえてこちらへは呼んでおりません」

「それは残念だ。では近々こちらから伺おう。大丈夫、僕に任せておきたまえ」

「は、はあ……？」

「ああ、男爵領は静かな領地と聞いているし、ご挨拶に伺うのが楽しみだ。学業に忙しくしていた分、都会の喧騒を離れてゆっくりするのもいいな」

それほど仲がいいわけでもない相手の出身をよく知っているものだと私は感心した。相手が貴族であれば領地がある場合がほとんどだから、当たりをつけることができなくもないけれどこちらはしがない男爵家である。

我がヴィックラー家はレンバルト王国の東のすみっこにひっそりと小さな領地をいただいている木っ端男爵家だ。公爵家や伯爵家のように大きな領地があるわけでもないし、家名が領地のある地方に由来しているわけでもない。さらに特別な名産があるわけでもないので、よく覚えていたなとさえ思える。

しかし、挨拶とはいったい何のことだろう。卒業をした記念旅行に男爵領にでも行くつもりなのだろうか。

そりゃ伯爵家の坊ちゃんがいらしたら領主自ら挨拶しないわけにもいかないだろうけれど、大したもてなしもできないし、名産があるわけでもないから寄っても仕方ないと思うんだけれど。

意味が分からないまま、私は並んで歩くエウゼビオに当たり障りなくそうですねと答えた。すると満足げに頷く伯爵令息が、私が歩く側の肘を外に突き出してくる。まるで夜会に女性をエスコートするような仕草である。私達が向かっているのは夜会ではなく、卒業式の祝賀会だ。歩きにくい踵の高い靴を履いているわけでもないので、同級生にエスコートされるいわれはないのだが一体どうしたらいいのだろう。

うーん、とまた首を傾げながらその肘から視線を上げると、大広間の前で顔なじみの女子学生達が手を振っていた。

真ん中に立っているのは王都でも一、二を争うレニ商会という大商家の娘であるクロエだ。数学的なセンスと討論の実力は学年でも群を抜いており、卒業後は自分の商会を立ち上げたいという。そのため、大学に入学した目的が上流階級のご子息と知り合って人脈を作ることと言って憚らない。

そんな、学問の徒としては宜しいとはいいがたいがはっきりとした目的意識のある彼女は、私がトレス伯爵令息と歩いているのを見つけて眉を吊り上げた。そして女子学生たちの輪から離れ、つかつかと歩み寄ってくる。

上背もありセンスもよい彼女が祝賀会用のドレスを着ていると迫力が違う。黒く滑らかな髪を優雅に揺らしている様は遠目で見れば女の私でもうっとりする容姿だが、険しい顔で近寄られるとその迫力にエウゼビオも一瞬たじろいだようだ。その証拠に彼は私の方へ突き出していた肘をすっとひっこめている。その隙にクロエが二人の間に体をねじ込んだ。

「エルネスタ！　首席おめでとう！」

「あ、ありがとうございます、クロエさん」

「さすが、科学誌に論文が載った才女ね。同じ女子学生として鼻が高いわ！」

ことさら朗らかに賞賛の声をかけてくれるクロエだが、満面の笑みを作っている中で眉だけは吊り上がったままだ。ほぼ同じ空間を共有しているエウゼビオを一瞥もしないあたり、ちょっと怖い。

そしてクロエは私の腕に自分の腕を絡ませ、広間の入り口を指さした。

「さ、行きましょ。今日の主役が遅刻なんて恰好が付かなくてよ」

「主役だなんて、そんな……」

普段もかなり強引なところがあるクロエだが、今日は一段と圧が強かった。でもさすがに伯爵令息と挨拶もなしにこの場を離れるわけにもいかないだろう。

しかし私がエウゼビオに会釈をしようとすると、耳元で「いいから」とクロエの鋭く、小さな制止が飛んだ。そしてそのままぐいぐいと引っ張られて、エウゼビオの隣から引きはがされる。

「あ、ちょっと待ちたまえ！　まだ話が……！」

背後でエウゼビオが何か言いかけているが、すぐさまそれが聞こえなくなった。私とクロエの周りにはいつの間にか女子学生たちが壁のように輪を作っている。こうなってはさすがのエウゼビオも彼女たちをかき分けてまでこちらに来ることができないのだろう。肩越しに振り返ったときには、すでにかなり距離ができていた。

ちょっと申し訳ない気持ちにはなるが、要領を得ない話から救ってくれたクロエたちには感謝するべきなのかもしれない。

そして歩幅の違う彼女に引きずられるように足をもつれさせながら広間の扉へと歩いていると、隣のクロエはこれ見よがしにため息をついた。

「……あんた、本当に鈍いわね」

「何が？」

「……やっぱり分かってない」

余計なことしちゃったわ、と首を振ったクロエは扉の近くまで来るとようやく腕を離してくれた。

「ま、人の恋路をどうこうなんて無粋なことはしたくないけど、あいつの自尊心の高さが失敗の元なんでしょうね。負けた腹いせにあんたを、ってところも気に入らないわ」

「だから、何のことです？」

恋路とか、自尊心とか、腹いせとか、やっぱりよくわからない。重ねて尋ねるも、黒髪の美女はひらひらと手を振った。

「いいのいいの。あんたはね、男なんて気にせず、そのまま女性初の大学長とか女性初の宰相とか、そういうのを目指しなさいな」

女性初、というところをクロエが強調する。それらは今まで、いやほんの数年ほど前までは現実味のない、ただの空想にもならない突飛なものだった。

レンバルト王国は王を頂点とする王政を敷いていたが、十数年ほど前に先王によって憲法が制定されると立法権が議会に移り、立憲君主制の国家となった。それに伴いそれまで男性にしか門戸が開かれていなかった官吏の任用試験が女性にも開放された。試験に合格すれば行政機関である各省庁で女性も働くことができるようになったのだ。しかも終身雇用。つまりクビになることがない。

無論、まだ制度として浅いそれらは建前的なもので、実際には女性を門前払いする仕事

もある。地方民や高齢者、保守的な女性などによる、女が外に仕事を求めるなんていう風潮もまだ根強い。

しかし時代は確実に、少しずつではあるが動いている。女性初の宰相なんていうのも、私の時代ではまだまだだろうけれど、いつか夢物語ではなくなるかもしれない。

「いやでも、学長とか宰相とかって、どうやって目指すのかもわからないですし、私、官吏任用試験を受けるつもりなんです」

「え？」

「上級文官になると王城にお勤めになると聞いたので、できたら地方に行ける下級文官がいいんですけどね。まあ、試験次第でしょうか」

「ちょっと。学年一の才女様の言うことにしちゃ、志が低すぎない？　地方に行ったらあんた、宝の持ち腐れもいいところよ。しかもその試験って——」

心底残念そうにクロエは眉をひそめるが、そんなに言われることだろうか。

でも制度上、どんな身分でも試験によって一定の能力が認められれば公的に仕事を得ることができる。試験は相当難しいらしいし、合格率だってそんなに高くないのだから受験すること自体が「志が高い」と思う。そしてそれこそ首席で受かれば配属の希望を聞いてもらえるのではないだろうか。

もう考えただけでワクワクする。試験はいつあるんだろう。

呆れ顔をしたクロエとともに大広間の扉をくぐった私の頭の中は、もうすっかり任用試験のことでいっぱいになっていた。


白く輝く大理石の太い柱に支えられた大広間は、ドーム型になった高い天井の効果もあってか実際より広く感じる。威厳や荘厳さを重視する王城とは異なり、教育機関の施設らしく壁画や天井画は描かれていない。彫刻類も控えめで装飾も最小限だ。

けれど実用的だし、広さだけで言えば王城の大広間（前世の記憶で見たきりなんだけど）にも劣らない。広間の中に入れば出入口になる扉と反対側は床が一段高くなっていて、講演会を行うにも楽団の演奏をするにも都合がいい。今日はそこにお城の楽団が来ていて、祝賀会が始まる前からゆったりした音楽が奏でられていた。

「エルネスタ、おめでとう！」

男爵領は遠い。父も母もきっと忙しいだろうと思って卒業式に招待もしなかったのだが、扉の向こうでは懐かしい顔が出迎えてくれた。濃灰色のスーツを着た姿勢の良い男性は、私を見つけるなり両腕を広げて近寄ってくる。

「おじ様！」

父の従兄弟であるダリオ・カンティロだ。

ダリオおじ様は駆け寄った私をしっかりと抱きとめた。齢五十五。議会の書記官をしている文官ではあるが、がっしりとした体格は私がぶつかったくらいでは揺らぎもしない。男爵家で一人っ子として暮らす私と体を使って遊んでくれた頃と変わらない感触にホッとする。

私はおじ様の胸に頬ずりをして顔を上げた。

「ご無沙汰しております。いらっしゃってくださるなんて思いませんでした」

「君を驚かせようと思ってこっそり卒業式も見ていたんだ。しかしすごいじゃないか。首席で卒業するなんて、父上が聞いたら泣いて喜ぶだろう」

ダリオおじ様はすっかり白くなってしまった口ひげに覆われた唇を持ち上げた。さすが、長年王都に住んでいるだけあって仕草も洒落ている。

「こんなことなら父上や母上も呼んでやれば良かったじゃないか」

「お父様もお母様もこの時期は領地の税金計算でお忙しいでしょうし、お手数をかけるわけにはいきませんわ」

「それにしたって娘の晴れ姿だぞ？　俺がしっかり見届けて手紙を書いてやらなくちゃい

けないなぁ」

「それはきっとお父様も喜びますね。私が書く手間が省けます」

冗談のように言うと、おじ様もわっはっはと笑い出した。私もつられて声が出る。

家督を継ぐことができない分家の長男だったおじ様は、若いころから王都で書記官を務めている。気風が良く都会者で、帰省するたびに様々な本を持ってきてくれた。私が本を好み、勉強することに対して不思議そうな顔もせずむしろ応援してくれた。そのおじ様が卒業式に来てくれたのがうれしい。

ひとしきり笑いあうと、ダリオおじ様は私を広間の中へとエスコートしてくれた。歩きながら最近読んだ本や使いやすいインクの話をしていると、不意におじ様が立ち止まる。そうだ、と何か思いついたように私に顔を向けた。

「首席ってことに浮かれてしまっていたが、エルネスタ。今後はどうするつもりだ？　ツィックラー領に戻るのか？」

あれ、と既視感に襲われる。ああ、そういえばさっきもエウゼビオに聞かれたんだっけ。なんでみんな同じようなことを聞くんだろう。大学を卒業したんだから、就職するに決まっているじゃないか。

「官吏任用試験を受けようと思っています。できれば文官で、おじ様のように官職を得たいんです」

それはいい、と言ってもらえると思った。

しかし予想に反してダリオおじ様は目を丸くして私を見ている。

「え？」

「だから、文官になって仕事を得たいんです。でも試験の公募がなかなか案内されなくて。そうだ、おじ様。毎年いつ頃に任用試験があるのですか？」

「……エルネスタ、君、聞いてないのか？」

「へ？」

「今年の任用試験は無しだ」

今度は私の目が見開いた。

おじ様はああ、と深いため息をついて私の肩に手をのせる。

「半年くらい前、そうだな、夏には公式に発表があったはずだ。女性の任用で官吏自体の数も増えていてな。人件費不足と退職者の減少で、今年と来年は募集をしないことになったんだ。大学にも通達が行っているはずなんだが……」

「ええ……？」

「その驚きよう……まさか……」

「……き、聞いてない、です……」

聞いてない。任用試験がないなんて聞いてない。なんで、どうして、と思考がぐるぐると回転する。

夏頃と言えば何をしていた。ええっと、卒業研究で大学にほぼこもりっきりになっていた頃だ。寮に戻るとハンナに叱られるからと、着の身着のままで顕微鏡をのぞいていた頃じゃないだろうか。そんな時期に何の発表があったというんだ。そんなの聞いていない。ノミやらダニやらの腹の中身を分析している場合じゃなかったのでは？

でもだからさっきクロエも試験の話に妙な反応をしたのか。ひょっとして、行先が決まっていないのは私だけだったということか、だからあんな風に聞かれたのか。

聞いていいない。

官吏任用試験が今年と来年実施されないなんて聞いていない。それじゃあ、いくら大学を首席で卒業したって意味がない。科学誌に論文が載ったからって、仕事が見つからないのであれば役にも立たない。

まさに青天の霹靂《へきれき》である。寝耳に水の情報で呆然となった私はおじ様から腕を離し、ふらりと後ずさった。大理石でできた大広間の太い柱がぐんと上に伸び、それらが支える天井がどんどん遠ざかっていくような錯覚を覚える。いや、逆か？　身体が床より下、ぱっくりと開いた地面に落下していくような浮遊感か。

「お、おい、エルネスタ……」

「……そ、その情報は確かですか？　任用試験がなかったら、文官になれない……？」

なんとか足を踏ん張ってその場に倒れることは耐えおじ様にすがってみる。しかしまさか私が何も知らなかったとは思っていなかったらしく、おじ様は力なく首を横に振った。

「秋ごろであれば伝手を頼ってくる学生たちを内密に斡旋する働きもあったんだが、この時期ではもうそういった学生を採用できる部門にも空きがないんだ……」

「そ、そんな……」

ずるい、という言葉は口に出せなかった。

「試験の中止が通達されてからも君からの連絡もなかったし、職に就いたという話も聞かないし……だから俺はてっきりお父上のところに戻ってどこかのご子息と結婚でもするのかと……」

「結婚はしないって言ったじゃないですか、私、おじ様に……」

勉強を続けることを後押ししてくれたおじ様には、何度も言っていたはずだ。試験がないことがわかったら、別ルートの就職方法を教えてくれたら良かったのに、と八つ当たりしてももう遅い。遅いことは理解していても感情が追いつかない。

何故、というのはおじ様の説明が全てでそれ以上でもそれ以下でもないのだろう。官吏が増え過ぎて人件費が足りない。だから新規登用を控える。当たり前のことだと普段ならきっと納得するのに、今朝の悪夢のせいか聖女にならなかった私に対し世間が意図的に就職を阻んだような妄想さえ浮かんだ。

祝賀会会場へ学長の入場を知らせる音楽が鳴り響いた。厳かで晴れやかな曲を耳にすると、あちらこちらで歓談していた学生やその家族が一斉に壇上へと目を向ける。激しく動揺する私を見ていたおじ様も、学長相手に無礼になってはいけないと思ったのだろう。一瞬躊躇った後、私から目を離して壇上を振り返った。

視界から一瞬だけれど全ての人の顔が消え、後頭部だけの世界が広がる。全てにそっぽをむかれた気がして、居た堪れなくなった私は逃げるように大広間からとびだしたのだった。

「今年と来年、どうしよう……」

学長の乾杯の挨拶も聞かずに会場を後にした私は、よろよろとテラスに設えられた椅子に腰を下ろした。

目の前が真っ暗になるとはこういうことか。まさか自分が卒業するその年に、主に人件費の問題で任用試験がなくなるなど誰が想像できるというのだろう。これまで毎年行われていたものなのに、なんて運が悪い。と納得できるものではない。

でも考えてみれば公募が遅いと思った時点で調べればよかったのだ。それを怠っていた自分が悪いといえばその通りで、集中すると周りの物事が見えなくなってしまう自分の性格が恨めしい。

はあ、と私は大きく深いため息をついた。

卒業後の計画が丸ごと潰れてしまった。とりあえずヅィックラー男爵領に戻るとしても、あの閉鎖的な田舎のことだ。行き遅れの領主の娘が戻ってきたとわかれば、あらゆる方向から結婚だの養子だのの圧力がかけられるだろう。

父や母は表向きには私の思いに理解をしてくれて官吏になることを認めてくれてはいるものの、田舎特有の圧力に耐えられるかどうかは分からない。ハンナをはじめとするあの地方の女性は皆、結婚して子どもを育てることが女の幸せと信じて疑っていないからだ。

その考えを否定はしないけれど、私自身はもう少し選択の余地が欲しい。が、貴族間や親族間の腹の探り合いに疲弊した父母が、私を結婚させて落着を図ることも十分考えられる。

「それは、嫌だあ……」

私は椅子の上で頭を抱えてしまった。

日が傾いて少し冷たくなってきた風に乗り、広間で奏でられている音楽が耳に届く。学長の挨拶の後はダンスもできる曲に変わったらしく、流れるように優雅な響きとそれに交じった若者たちの笑い声が聞こえた。

絶望に暮れている私とは異なり、あそこに集った卒業生たちは明るい未来に心を弾ませているんだろう。まるで別世界のことのようだ。官吏になりたかった学生もいるだろうけれど、私とは違ってもう別の道を選んでいるだろうし。

卒業式のこの日、行先を見失って途方に暮れている者など私以外にいるわけがない。

きっとおじ様も今ごろは私が姿を消していることに気が付いて探しているかもしれないけれど、ここからあの場所に戻るのは無理だ。みんなのまぶしい笑顔に耐えられる自信がなかった。

長く離れていた故郷に帰りたくないと言えばウソになる。けれど帰ったらおそらく何らかの圧力がかかって再来年の官吏任用試験を受ける前に結婚をさせられる。家の仕事に従事させられる。そう思うと、帰りたくない気持ちが強くなった。

しかしだ。

実際問題、私は今大学寮に間借りをしている。大学に在籍している学生が住むための施設なので、卒業したら出ていかなくてはいけない。それも、近日中に。実家に帰らないとなれば、王都に住む場所を確保しなければいけなくなるということだ。

が、職もない貧乏男爵家の娘に家や部屋を貸そうというもの好きなどそうそういないだろう。ダリオおじ様のところは王城の内部にある職員寮だから転がり込むわけにはいかない。数日であれば王都のどこかに宿をとってしまうこともできるけれど、それにしたって長居はできない。私が帰らないと言えばハンナもついてくるしかなくなるし、そうすると彼女の分の宿代だって必要だ。

頭の中で大学四年間で貯めておいたお金の残高を思い浮かべるが、ハンナと二人分と考えるとそこいらの宿でほんの数日、長くて一週間が限度である。実家に送金をお願いする、となると帰ってこいと言われるに違いない。ハンナは大喜びで私を引きずって帰ろうとするだろう。

「……詰んだ」

私は膝を抱えて顔をうずめた。はしたない、と言われても仕方ないけど今は周りに誰も居ないし、もういい。どうせみんな大広間で晴れやかな顔をして踊っているんだ。構うもんか。

遠くから流れてくる楽団の音色をうすぼんやりと聞きながら、一体どれくらいそうしていただろう。当たりは薄暗くなってきたし、クッションもついていない固い屋外用の椅子に座っていたせいか、お尻どころか腰まで痛くなってきた。良い仕立てだけれどやや生地が薄くなっているドレスもすっかり冷え、うずくまっていたせいで体もガチガチになっている。

もうこっそり寮に戻って寝てしまおうか。後のことはまた明日、改めて考えようか。

そう思った時だった。

「失礼。エルネスタ・エマ・ヴィックラー男爵令嬢で間違いないでしょうか」

「はい？」

声を出してからしまった、と私は口を押えた。周りに誰もいなかったはずのテラスで突然声をかけられ、取り繕うこともできず素で返事をしてしまったからだ。

はっとして体を起こし辺りを見渡すと、目の前に一人の男性が立っていた。

磨き上げられた革靴はまろやかに夕日の残渣を反射させ、その上にかぶさる黒いスラックスにはピシッとした美しい折り目が付いている。すらりとした上背のある男性だ。燕尾のジャケットの下には真っ白いシャツと真っ白いタイ、そして胸元には叙勲の証と爵位をあらわすいくつもの勲章を着けている。その中の一つに、私の目はくぎ付けとなった。

星をかたどった金色の意匠の中に、強く輝く透明な石が施されているそれは、この国の中でも高位の貴族である証だ。透明な宝石を身に着けられるのは王家と、それに準ずる公爵位を持つ者だけである。

ゆっくりと私は視線を上げた。まさか、いやそんなわけはない。しかし短く切られた黒髪には覚えがあった。男性と目があった瞬間、私の背にぞくりとした悪寒が走る。

こちらを見る鋭い眼光の強さは変わらない。あの刑場で燃えるような憎しみをぶつけてきた漆黒の目だった。私を睨みながら、王子に付き従っていた男性――。

「……ユリウス・カイ・ヴォルフザイン公爵、さま……」

かさつく唇から発せられた言葉は、これ以上ないほどに掠れていた。通常であれば無礼なことである。膝を抱えて着席したまま、不躾に高位の男性の顔を見つめ、挨拶もなく名を呼ぶなど許されない。

でもあまりの出来事に体が動かない。本当なら一目散にこの場から逃げ出したいというのに、抱えた膝を下ろすことも顔を背けることもできなかった。あ、あ、と言葉にならない声が漏れる。

そんな私の無礼を咎めるつもりなのか、公爵は厳しい顔をしながらゆっくりと近づいてくるではないか。公爵に対する前世からの恐怖と、現在の無礼に対して叱られる恐怖がないまぜになって、私の身体はのけ反った。

しかしだった。公爵は私の隣までやってくると、のけ反りすぎてバランスを崩しかけている椅子の背に手をかけた。

「失礼した。取次も介さず急に声をかけて驚かせてしまったようで申し訳ない」

「へ？　あ？　は、はい？」

「まさかヴィックラー嬢が私をご存じとは思わなかった。お目にかかったことはないと記憶しておりますが、何故私とお分かりになったのです？」

すうっと公爵の目が細くなった。

しまった。今の私はこの男性と面識がないことをすっかり失念していた。つい口走ってしまった私が大慌てで言い訳を探すと、眼の端をさっきの勲章が掠める。

「え？　あ、あのっ、その、く、勲章……！」

まったくうまく機能してくれない唇と舌を放棄して、無礼になるが私は公爵の胸を指さした。その意図が伝わったのだろう。ああ、と公爵が得心したように頷いた。

「これをご存じだったんですね。失礼した」

「い、いえ！」

「失礼ついでに不躾なのは承知しておりますが、少々お相手願えるとありがたいのですが、お隣よろしいでしょうか？」

「は！　な、なんってでしょう！」

なんでしょう、という声は私史上最高最悪にひっくり返っていただろう。その証拠に、隣の椅子に腰を掛けようとしていた公爵が目を丸くして動きを止めている。

切れ長で鋭い目つきが、一瞬だけひどく幼くなった。

幼いと言っても、公爵は確かアルベルト王子と同じ年だったはずだから、今なら二十一、二歳か。私が処刑された頃が二十六、七。五年も差があれば、あの頃より幼い感じがしてもおかしくはない。

そうか、あれは五年も先のことか。

そう考えると、やっと私の身体から力が抜けた。

そうだ、今の私は聖女でもなければ王子と出会ってもいないので婚約者でもない。王子の側近だったこの公爵とは、たった今まで顔も合わせたことがない、縁もゆかりもない状態だ。出会って数秒で取って食われるなんてことはない。

では、と私は首を傾げた。面識もない一学生である私に、国内でも王を除いて最上位の地位を持つ公爵が何故声をかけてきたのだろう。

「た、大変、ご無礼をいたしました。エルネスタ・エマ・ヴィックラーでございます。ヴォルフザイン公爵閣下」

「どうぞ楽になさってください。ここは大学の卒業に伴う祝賀会の非公式の場です。しかも貴女は今夜の主役の一人でもあるでしょう。首席でのご卒業、大変おめでとうございます」

「お心遣い、ありがとうございます……」

涼やかに微笑む公爵に対し、私は座ったまま会釈をして心の中でまた首を傾げる。こんなに配慮ができる方だっただろうか。

前世の記憶の中で、このヴォルフザイン公爵という方は常に王子の隣に立っていた。王子の御前に召された私に対し、毎回ものすごく、ものすっごく冷ややかな視線を投げつけてきていたのを強烈に覚えている。身分の違いを弁《わきま》えろとでも言いたげに、王子に贈られたドレスを着た私を蛇か蛞蝓《なめくじ》でも見るような目で睨んでいたっけ。

そうそう。一度、王子に呼ばれてお部屋に行ったときに、王子が不在で公爵と二人になった時間があった。その時は私を部屋の中央にぽつんと置かれた椅子に座らせ、一挙手一投足に至るまで監視するように見つめられたんだった。公爵本人は扉の近くで仁王立ちをしていて、私がちょっとでも立とうとすると、間髪入れずに駆け寄ってきて座っていろと命じてくれたっけ。おかげで用を足しにも行けなかった。

なんてぞんざいで、尊大で、無礼な人だろうと思ったけど、王子の大事な側近だからと告げ口もしなかった私は人間ができているとこっそり誇ったものだった。

ほとんど口をきいたこともないというのに、なんであんな対応をされたのか今もって謎である。

が。

このように配慮されたらこれはこれで調子が狂う。

一体何の用があるというのだろう。わずかな沈黙すら、そら恐ろしく感じてしまう。

しかしこういう時に女のほうから口を開いて良いかどうか、それが失礼に当たるかどうかもよく分からなかった。大学では建前上はみな平等とされ、身分の上下に関するしきたりが緩かったせいでそこのところのマナーが身についていない自覚はある。うかつに口を開いたら今度こそ無礼であると叱られてしまうのではないか。

きいいん、と静寂が耳に刺さる。いや、本当なら広間で奏でられている音楽が聞こえているはずなに、私の耳がそれを受け取れていない。この場の緊張感が五感を麻痺させているかのようだ。

沈黙に耐えられなくなった私が小さく身じろぎすると、公爵は特に何も言うことなく懐から何か取り出してこちらに差し出してきた。見れば彼の胸に輝く公爵家の勲章と同じ紋様が透かしで漉き込まれている封筒だった。

「そろそろ暗くなってきますし、冷えてはいけない。手短に済ませましょう。ヴィックラー嬢、明日のご予定はおありですか？」

「い、いいえ？」

近日中に寮を出なければいけないが、行先について決めかねている私は首を横に振った。

ここにハンナがいれば一も二もなく「男爵領へ帰ります」と言っただろう。

「卒業後は、ご実家に戻られるのですか？」

「いいえ……ああ、いえ、まだ決めておりません」

「お戻りにならないのですか？　いえ、失礼ですが、ご結婚のご予定などがおありなのでは？」

「ございません……」

「では王都に留まるおつもりですか？　何故？　何かご予定でも？」

「い、いえ、特には……」

「しかしご実家ではご両親がお待ちなのではないですか？　若いご令嬢が、お一人で王都に留まるというなら何か目的があるのかと思うのですが」

公爵の声がやや硬くなる。詰問されている気分になり、私は自分の声が上ずっていくのが分かった。

でも悪いことなどしていない、この人に知られて困ることはない、と一生懸命自分を奮い立たせる。

「実は、ええっと、官吏任用試験を受けて、文官になろうかと……」

語尾はほとんど声にならなかった。ぼそりとつぶやいた独り言のような言い訳が聞こえたのだろう、公爵が小さく驚いた声を出して目を丸くする。

「任用試験？」

重ねて尋ねられ、私は観念して頷いた。もうそれ以上聞かないで、と思ったがもちろん公爵の追及は止まらない。

「……とはいえ、あれは今年と来年実施されないと、夏頃に告知があったかと」

「そうなのです。それが私、その頃は卒業研究に没頭しておりまして、不実施のお話があったことすら知らず……」

「本当ですか？」

訝しげに公爵の顔が傾いた。しかし何を言われようと知らなかったものは知らなかったのだ。

「本当です。つい先ほど、祝賀会が始まる直前に議会書記官をしております親類に聞きまして……それで行先がなくなってしまいまして……」

なるほど、と頷く公爵を前に私は項垂れて小さくなった。

「しかし、ではなおさらご実家にお戻りになればよろしいのでは？　王立大学を首席で卒業されたとあれば、ご両親も縁談の取りまとめに精が出ましょう」

「いえ、結婚は、本当に考えておりませんので……」

「何故？」

「先ほど申し上げました通り、わたくしは官吏任用試験を受けて文官となって、我が国のために働きたいと思っておりまして」

「官吏はここ数年で女性にも門戸が開かれ、確かに女性文官も幾人が知っておりますが、それほど給料が良いとも言えず出世の道も男とは比べようもない状態です。貴族の令嬢がわざわざ目指す職とは、言い難い。城勤めなど、ほかの男たちの好奇の目に晒されるだけですよ」

「い、いいえっ。城ではなく、地方の行政局でよいので……」

「地方など、なおさら女性官吏の職場としてはお勧めしません。しかも今年も、来年も試験はない。確かヴィックラー家は王都にお屋敷をお持ちではなかったと思います。お戻りにならず試験まで二年。王都のどこで二年も滞在されるおつもりです？」

「ええっと……、あの、どこかで何かお仕事をいただいて……と考えていたり……」

「ではご実家に戻って男爵の領地経営をお手伝いされてはいかがです？」

ぐ、と言葉に詰まった。

そりゃ私だって領地経営が立派な仕事だということは分かっている。それを補佐することも、屋敷を維持するために手伝うことだって貴族の仕事の一つだ。長年それを勤めてきた母のことだって、使用人たちに不満を言わせないその手腕は尊敬に値していると思っている。

けれど、帰れば結婚させられる可能性が高い。結婚を強いられて望まぬ人生を歩まされるのは嫌だった。見ず知らずの男のもとへ嫁げというのも嫌だし、恋愛をするのもこりごりだ。女一人でどうにか生きていきたくて、それで文官の仕事をしたいと思っているのだから、実家に帰る選択肢はない。

それをこんな初対面の人にどうこういわれる筋合いなどないだろう。

帰るつもりはありません、と言うとそれまで饒舌に語っていた公爵の口が止まった。

「王都で仕事を探したいのです。試験再開までの間、なにか私にもできる仕事があればそれをやるつもりもありますし」

説教された気分になって伏せていた目を上げれば、まさか反論されると思っていなかったのかぎくりとした顔で公爵が固まっている。

日が落ちて、夜の気配をはらんだ冷たい風が私の頬を撫でた。

「……実家に戻るつもりはございません」

「……なるほど」

では、と公爵は続けた。

「今のところ明日からは、無職ということですね？」

身も蓋もない。が、事実である。私はこくりと頷いた。

なるほど、とまた呟いた公爵の声が幾分明るい気がするのは気のせいか。はて、と思うと公爵がさっき懐から取り出した封筒をこちらに差し出した。

「であればちょうどいい。こちらをお受け取りください」

「え？」

「我が家への招待状です。明日の昼に、我がヴォルフザインの屋敷へおいで願えませんか？」

「……え？」

「詳細はおいでくださったときにご説明しますが。大学を首席で卒業された貴女にお願いしたい仕事があるのですよ」

「し、仕事？　仕事ですか？」

「屋敷の場所はご存じですか？　いや、明日、大学寮まで迎えの車をやりましょう」

「ちょ、ちょっと待ってください。いったいどうして……！」

ついさっきまで帰れ帰れという論調だったではないか。それを仕事だと？　全く方向性が変わった話題に頭がついていかない。手に握らされるように押し付けられた招待状には、ずっしりとした肉厚の封蝋《ふうろう》がついていた。もちろんそこには公爵家の紋様がしっかりと押されているのだから、これは正式な「招待状」ということになる。

見目麗しく独身の公爵閣下のお屋敷にお招きされる、なんていうのは年頃の令嬢たちからすれば天にも昇る心地だろう。そして大きな商家出身のクロエならきっと四方八方に手を尽くして、この機会に絶対相手とその人脈を丸ごと狩ると決意するに違いない。

けど、記憶にある限り今生では何の接点もなかったはずの、どちらかといえば貧乏な田舎男爵家の娘には負担が大きすぎる。というか、目的がわからなくて怪しすぎる。

しかし狼狽して招待状を持ったまま固まっている私に対し、公爵はにやりと口角をあげて微笑むだけだった。どこか悪戯っぽい雰囲気が漂うその微笑みの中に、何故か有無を言わせぬ圧力を感じる。

「大学長からとびぬけて成績が良い男爵令嬢がいると伺っていたんですよ。稀にみる才女である、と」

「いえ、そんな、光栄ですがそれはでも」

「そして貴女は明日以降無職になるとおっしゃった。国王陛下がその情報をつかむ前に、ぜひ我が家にお招きして仕事をお願いしたい」

——何か、口実があれば断れたのかもしれない。本音で言えばこの人に関わることは怖い。アルベルト王子に近い人だし、前世での関わりだって決して友好的な関係ではなかったからだ。国王陛下が情報をつかむ前に、となんだか不穏なことも言っている。いったいどういうことだろう。

しかし「仕事」と聞いて心が揺らいだ。

このままでいれば大学寮を追い出された後、ハンナや実家の者たちに男爵領へと連れ戻されることだろう。そしておそらくは、地元に戻った途端に舞い込む縁談と攻防戦を繰り広げなければいけない。

それを、この「仕事」とやらを引き受ければ避けられる、かもしれない。そう思ってしまったのだ。

まだ王都に留まれる。実家に帰らなくて済む。仕事さえあれば、宿を取ることだってできる。王都に留まっていれば、ダリオおじ様が言っていたような臨時採用にありつける可能性だってある。

私は手に持ったままの封筒をゆっくりと胸に引き寄せた。目を合わせた公爵が、今度こそにやりと分かりやすく笑った。

「……そのお仕事とは？　……いったい何を」

「私には妹が一人おりましてね。その家庭教師をお願いしたいのですよ。王立大学校を首席で卒業された貴女には、きっと造作もないことでしょう?」

公爵に妹がいたとは初耳だ。いったいどんな仕事を言いつけられるのか、無体なことをやらされたらどうしようと思っていたのに、貴族の家の家庭教師と聞いて幾分ほっとしている自分がいる。

家庭教師ならばなんとかなるだろう。いや、やらなくてはいけない。

「かしこまりました。お招きいただき、ありがとうございます。明日、お屋敷までお伺いいたします」

恭しく頭を下げ、そしてまた顔を上げるとそこには満足そうにほほ笑む公爵の姿があった。手のひらで転がされたような、結局この人の思惑通りになっているような、なんか不穏な気配が漂っている気がするがこうなれば腹を括るしかない。

公爵の短い黒髪がすっかり冷えてしまった夜風に煽られ僅かに揺れた。風にのってかすかに聞こえてくる大広間の喧騒と音楽の中、静かなテラスに射す月の薄明かりに浮かび上がった公爵の姿は美しいけれど妖しく見えたのだった。

公爵家の華たる姫君

翌朝、公爵のお屋敷に招かれたと聞いて発奮したハンナは、持ちうる限りの装飾品を使って私を飾りたてた。耳飾りに首飾り、髪に挿す真珠の飾りなど、いったいいつ持ち込んでいたのだろうという数だ。いつもより相当に濃い化粧を施された顔が鏡に映り、それを見た私は大きく肩を落としてため息をついた。

別に公爵と見合いをするわけでもなければ、祝賀会場で見初められたとかそういう話でもない。ただ単に妹君の家庭教師にならないかという仕事の依頼があって詳細な話を聞きに行くだけだ。そう何度もハンナには説明したのだが、公爵直々に招かれたという一点だけを聞いて舞い上がった侍女の耳には全く届かなかったらしい。

ただ彼女の思い込みの激しさだけを責めるのは確かにかわいそうかもしれない。なにせ自分が仕える未婚のお嬢様が公爵家の紋章が入った封筒を持ち帰り、心ここにあらずな状態であったとなれば一大事と思うことだろう。

まあそれだけでも十分面倒くさいのに、この部屋にはもう一人面倒くさい人がうろうろしている。

「え、エルネスタ……本当に、本当に公爵閣下に招かれたのだな？　拾った招待状だとか、そういったものではないのだな？」

　落ち着かない様子でうろうろと部屋を歩き回っているのは、ダリオおじ様である。礼装とまではいかないが、ちゃんとしたジャケットにタイ、そして職位を表す小さな勲章を胸に着けた余所行きの姿だ。浮かれまくるハンナとは対照的に、うっすらと青い顔をしてせわしなく口ひげを撫でつけている。

　ある意味忠義者のハンナは侍女の身分の自分だけでは手に負えないと判断したらしく、朝一番に王城内に住むおじ様に使いを出して呼びつけたのだ。

「おじ様、落ち着いてください。正真正銘、ご本人からいただいた本物の招待状です。拾ったものだとか、誰かのおさがりだとかではありません」

「し、し、しかしなんだな。なんだって公爵閣下は君にそんな招待状を寄越したんだ。いったいいつからそんな仲に……」

「勘違いなさらないでください、おじ様。そんな仲も、どんな仲もありません。昨日初めてお会いして、妹君の家庭教師をですね」

「いやしかしだよエルネスタ。それをきっかけに公爵家から結婚の申し込みがあるかもしれないじゃないか。いいのかい？　お父上ではなく、付き添いが父の従兄弟なんていう私でも」

「そんなことにはなりませんから……」

なんだって大人たちはこう、結婚結婚とすぐに結び付けたがるんだろう。私は鏡を見てまたため息をついた。胸元が開いてデコルテがあらわになったドレスは、仕事の話をしに行くには場違い感が甚だしい。白粉も大量に叩かれたし口紅も真っ赤。いつもの化粧じゃなさすぎて、まるで別人である。せめて眼鏡を、と着けてみるが白い顔に黒縁が悪目立ちすることこの上ない。

約束の時間までまだ余裕があるし自分で着替えなおそう、と立ち上がると寮に備え付けてある呼び鈴が鳴った。窓の外を覗くと、大学寮の門に横付けするには立派すぎる馬車が止まっている。

「お、お嬢様！　公爵様のお迎えですわ！」

「えぇ……歩いて行けるって言ったわよ。……人違いじゃない？　寮から引っ越す誰かの迎えとか……」

「何をおっしゃってるんです！　公爵様のような身分の方が、ご自身の大切な女性に表を歩かせるわけがないでしょう！」

ほらダリオ様も、とハンナに急き立てられておじ様と一緒に外へ出ると、馬車の外にグレイヘアの初老の男性が一人立っている。私たちを見つけると帽子を脱いで深々と礼をし、馬車の扉を開けてくれた。馬車の正面には、ぴかぴか輝く公爵家の紋章が掲げられている。

つまり、というかやはりというか、私を迎えに来た馬車ということが確定してしまった。

背後に控えていたハンナの気配が色めき立ったのがわかったし、隣に立つおじ様がひゅっと息を飲んだのも分かった。

「エルネスタ・エマ・ヴィックラー様でいらっしゃいますね？　主の命でお迎えに上がりました。執事のグラッドと申します。……ええっと、そちらの男性は……？」

深々と下げた頭を上げたお迎えの男性――グラッドさんは目線を上げると私の隣のおじ様をみて少し困惑したように目を細めた。

「……わたくしの父の従兄弟にあたるダリオ・カンティロ・ヴィックラーです。王城で議会書記官をしております。本日は、その……」

「つ、付き添いです！　この子の父より、王都での暮らしについて託されておりますので……！」

ああ、とグラッドさんは得心したように頷く。そして同行を断られることもなく、私たちは馬車にエスコートされてしまったのだった。

そして、だ。

公爵が所有する大きく立派な屋敷に足を踏み入れた私は、目を丸くしてその場に立ち尽くしてしまった。前世、いや今となっては別の未来で見た王宮もかくや、という豪華さである。

我等がレンバルト王国は大陸の西方に突き出した巨大な半島に位置している。気候も良く、平地では農業も盛ん行われている豊かな国である。国境を接しているのは二国。東にある険しい山脈地帯を国境として接しているオルファング王国、海峡を挟んで南にある大陸の北端に位置するモダバ帝国である。大陸が異なるモダバ帝国はさらにその向こうの国とは港を介して貿易を行い、比較的友好関係にあるが、山脈に隔てられているオルファング王国とは昔から権勢を争う仲だ。

王都マリバルは半島のど真ん中にあり、我がヴィックラー領は国土の東側のほんの一角にある。オルファング王国と王都とどちらが近いかといえば、隣国のほうが近いかもしれない農業が主体の領地だ。そんなヴィックラー領はのんびりしているといえば聞こえはいいが、つまり田舎でそれほど豊かとはいえない。屋敷も貴族の屋敷とはいうものの家族三人と使用人が十人もいない程度の小さなものである。

そんなところの出の娘が、いきなり王都でも最上位に位置する公爵の屋敷に圧倒されるのは当たり前だと思ってもらいたい。対するヴォルフザイン公爵家は王都の南に広大な領地を構え、農業や国内の流通事業について力を持っていると聞いている。経済力は雲泥の差だ。

屋敷の扉から一歩中に入れば壁一面に描かれた絵画があったり、大きいのに繊細な彫刻が柱の一本一本に設置されていたり、ところどころに飾られている花を活けている器が大きく立派な焼き物だったり田舎貴族の家には縁がないものばかりである。おそらくどれもこれも、一つだけでうちの家屋を丸ごと一つ買えてしまうほどの値段がするのではないだろうか。

保護者としてついてきたおじ様も、王城に勤めて目は肥えているだろうに公爵家の豪華さに口が開きっぱなしだ。

正直なところ、ここまでの格差があるとは思っていなかった。

絶対触ってはいけない。万が一汚したり、壊したりしたら一生かかっても弁償できないばかりか、父や母が処罰されてしまうかもしれない。大理石が敷いてある廊下も、歩く際に靴の踵を打ち付けないようにしながらそうっとグラッドさんに付いていくしかなかった。

しかし応接間に通されても極度の緊張は緩むことがなかった。お部屋の中の調度類の立派さを目にして固まっていると、給仕のメイドさんがお茶を運んできてくれたのだ。……ものすごく高そうな茶器で、ものすごく高級そうなお茶を。

ポットから注がれたお茶は紅く輝き、フルーティで上品な香りがする。が、飲めない。茶器に手を伸ばしてそれを持ち上げることが恐ろしかった。どうぞと言われてそうですかとひょいひょい口をつけるなど、万が一傷でもつけたらと思うとできるわけがない。

給仕のメイドさんはどう見ても挙動がおかしい私たちに対し何か思うこともあっただろう。しかしよく訓練されているらしい彼女は、表立って首を傾げたり何か言ったりすることなく静かに部屋を出ていった。

残された私とおじ様はそれに対して会釈もできないまま、ソファの上でカチコチに固まって館の主を待つことしかできなかった。

そしてどのくらい時間が経っただろう。

こんこん、と応接室の扉をたたく音がした。返事をする間もなく扉が開き一組の男女が姿を現す。男性のほうはもちろんこの屋敷の主、ヴォルフザイン公爵だ。王宮へ仕事にでも行っていたのだろうか。昨日の礼装ほどではないが、それなりに格を感じさせるジャケットにタイ、そして胸に爵位を表す勲章を着けている。

私を見た瞬間、ほんの一瞬だけ足が止まったような気がしたが思い過ごしだろうか。いや、思い過ごしじゃないだろうな。ハンナの気合で作られた私の顔を見て、びっくりしだんだろう。

しかし、そこを気にして考え込むより彼の隣でしずしずと歩く少女の姿に目を奪われた。なんと可愛らしい、花のような可憐さを持つ少女だろうか。

形の良い卵形の輪郭、薄い桃色の唇、伏せた目元にかかる長い睫の影。それらは幼さが残るものの、部屋の入り口と中央ソファという距離から見ても美しい顔立ちをしていることはよく分かる。まっすぐで滑らかな金色の前髪は眉の下できれいに切り揃えられ、残りは首の後ろで一束にまとめられていた。

公爵よりずっと背が低いが、子どもというには長身の部類だろう。自宅用のシンプルな薄水色のドレスがよく似合っているが、顔立ちの美しさと合わせると夜会用のドレスを着て王城の広間に立っていたらダンスの申し込みが絶えないほど映えるに違いない。

「やあ、お待たせして申し訳ない、ヴィックラー嬢。朝一番に王城で会議に呼ばれてしまったもので、たった今戻ったところです」

「は、はい！」

ここはお招きありがとうございます、とでも返事をする場面であろう。しかし私の口からは突拍子もないほど大きな返事だけで、しかもみっともなくひっくり返っていた。

屋敷の中に通されてから極度の緊張に晒されていたのだ。見逃してもらいたいものである。

そしてそんな私の気持ちを知ってか知らずか、いや恐らく考えてもいないだろうが公爵はつかつかとソファの近くまで歩み寄り、私の対面に腰を下ろした。一緒にやってきた少女もそのあとに続く。近くに来ると何の香りだろう、柔らかく甘い匂いが私の鼻をくすぐった。美少女は香りまでかわいいのか。

「お呼び立てしたというのに申し訳ない。急ぎで相談したいことがあると国王陛下に呼ばれてしまってね」

「い、いいえ、お気遣いなく」

「どうぞくつろいでください。こちらはヴィックラー書記官ですかな？」

はい、と隣に座るダリオおじ様が頭を下げた。さすがに私ほどひっくりかえってはいないものの、それでも緊張が残る掠れ声だ。

「わざわざご足労いただいて恐縮です。お身内の令嬢にこのような不躾なお願いをすることをお許しください」

「い、いいえ公爵閣下とご縁ができるなど、光栄なことでございます」

「こちらこそよろしくお願いいたします。さて、ご紹介します。妹のアメリアです」

アメリアと呼ばれた少女は弾かれたように立ち上がり小さくぺこりと頭を下げた。顔を伏せてはいるが、金色の髪の隙間から覗く耳が真っ赤だった。

「は、初めまして。エルネスタ・エマ・ヴィックラーと申します。エルネスタとお呼びくださいませ、アメリア様」

立ち上がって私が挨拶をすると、消え入るような声で「はい」と言ったのが聞こえた、気がした。真っ赤になってしまった妹君の背をさすりながら、公爵は私たちに着席を促した。顔を上げることもなく、こちらを見ることもなく、アメリアもソファに腰を下ろす。

両の拳をぎゅっと握りしめて膝の上に置いた様は、まるで先ほどの私たちのようだ。

あれ、と思った。つまり……?

「礼儀がなっておらず申し訳ない。見ての通り、妹は極度の人見知りなのです。そのおかげで十一を過ぎたというのに、王立学校へ通えず困っておりまして」

え、と私は目を瞬かせた。

十一歳から学校に行くのか、ということと、アメリアというこの少女がまだ十一歳だということに驚いてしまったのだ。背が高いからもう少し上、十四、五歳くらいかと思った。私が王立大学に入ったのが十六歳だったし、家庭教師が必要なご令嬢と聞いててっきり妹君もそのくらいかと思い込んでしまっていた。

「王都にお住いの貴族の方は、みんなそのようなお歳から学校へ行くものなのですか？」

「そうですね、早い者ですと十歳くらいからでしょうか。私も十歳で初等学校に入学をしていいます。ほかの公爵家や伯爵家も同じようなものでしょう。特に男子はみんな、大学へ行く前の基礎教育のため初等学校へ入って集団生活を学ぶのです」

「そ、そうなのですね。申し訳ございません。田舎の出で浅学《せんがく》なもので……」

「お気になさらず。貴女は初等学校も行かず大学へ入学したと伺っています。その上、並み居る貴族の子息たちを退けて首席となった。素晴らしいことではないですか」

この公爵という人物は人心掌握に長けているのだろうか。卒業式で向けられた妬みの記憶もまだ新しいが、彼が発する賞賛の言葉には嫌味な感じがなくてなんだか照れてしまう。おじ様も私が褒められていて悪い気がしないのか、不必要なほどうんうんと相槌を打っていた。

いやあ、とうまく笑顔が作れないまま、私は頬を掻いた。もちろん話はそこで終わらず、公爵は隣に座る妹の肩に手を添える。

「まあそういった貴族の例にもれず、妹もまずは初等学校への入学手続きをしたのです。人見知りといえど初等学校は入学希望者が少ない分一クラスの人数も少ない。なんとかなるのではと思ったのです。しかし、一つ問題が発生してしまいまして」

「問題、ですか？」

それがですね、と公爵が前置きをすると妹君がますます顔を赤くして小さくなった。なんとなくそれで予想がついた。

「我が家の血筋なのか学問そのものは大変好きなようなのですが、学校の教師陣は皆男性の学者ですし、同級生になる者も良家の子息ばかり。勉強したい意欲はあれども、教室にはいれなかったのです」

「……そう、でございましたか……」

やっぱり、である。私は唇を噛んだ。

教育を受ける必要があるのは男だけだ、というのはこの国に根強く残る考え方だ。田舎に比べれば王都はまだ先進的な考えを持つ者もいるだろうけれど、それでもわざわざ女が学問をしなくてもという風潮はある。その風潮がある故、学校というところ自体はいくら女にも開放されているとは言われていても女子学生の数は少ないし、女性教員の数などゼロに等しい。

教室に行けば周りはすべて男という環境も珍しくないのである。

男爵領で農繁期に領民の手伝いをしていた私でさえ、同年代の男子学生との距離が近すぎて戸惑ったこともあったくらいだ。もちろん田舎娘だからといって良家の子息たちから排除されかけたことだってある。

公爵家の姫君という深窓の令嬢には、その環境は耐えられないかもしれないと納得できてしまう。

「それは……さぞお心残りでしょう……」

入学当初のことを思い出し、ついついしみじみと呟いてしまう。気持ちは分かる。勉強したいだけなのに、学問に触れたいだけなのに、その環境に入れないというのは辛かったろうし悔しかったろう。

その声がアメリアの耳にも届いたのか、ふいにぴょこんと彼女が顔を上げた。伏せられていた目がこちらに向けられると、それがきらきらと澄んだ青い色だと分かった。深みがある、とても理知的な瞳である。

共感が得られたと思って安心したのか、頬の赤みがやや引いたように見えた。落ち着いてよく見てみると、公爵によく似た顔立ちで精悍《せいかん》さも漂っている。ただの人見知りで奥手な少女というだけではないと感じられた。

「妹は公爵家の娘として、近い将来に国の政にも関わっていく立場になるでしょう。その際に教養は絶対に必要となります。そこで学校へ行けなくても学問を身に着けられるよう、家庭教師をお願いすることを検討しました」

「それで、わたくしに……」

「先日、学長にご相談に上がった際、貴女を推薦されました。確か卒業研究は虫による病気の媒介の可能性について、でしたかな。大変熱心で優秀。しかし集中すると寝食も忘れて机に向かいすぎるほどであると……」

「え！」

「エルネスタ、君は、そんな年になってもまだそんなことを……」

まさかそんなことを学長がご存じとは思わなかった。おじ様に肘で小突かれ、今度は私がうつむく番だ。かあっと頬が熱くなり、その熱が耳まで伝わっていく。

「この子は昔からそういうところがあるのです、閣下。本を預ければ貪る様に読みふけり、一冊読み終わるまでは呼んでもうわの空になることも多く……。」

「アメリアもそういう傾向がありますよ、書記官。そんなところもあって、是非ヴィックラー嬢にと思ったわけです」

ふふっとおかしそうに公爵が肩を揺らした。アメリアを見ればそれまで緊張しきっていた様子だったのに、何故か表情が輝いている。

「妹はこのように内気ではありますが、兄の欲目で見てもよそのご子息と比較しても十分優秀で、かつやる気もあります。ヴィックラー嬢、この子に初等学校で学ぶ内容をご教授願えませんか？」

「お……！　お願いします……！」

ここでついにアメリアが大きく言葉を発した。まだ十一と言われれば確かにと感じる幼さを残す声音で、緊張が手に取る様にわかる口調で。

しかし顔を真っ赤に染めながらも、彼女は両拳を胸の前で握りしめて立ち上がった。

「わ、わたしも勉強を続けたいのです！　でも、でも情けないことにどうしても教室に入れないのです……！　教室に入ろうとすると足が竦んでしまって……でも、他の家のご子息たちと同じように勉強をしたいのです……！」

「お気持ち、わかります。わたくしも初めはそうでした。田舎の男爵家出のわたくしですらそう思ったのですから、公爵家のご令嬢であれば無理もございません」

「あ、兄に教わるにも、公務もあるのでお仕事に差し支えてしまいます。それでは国王陛下にもご迷惑になってしまいますでしょう……そこへ兄から先生のお噂を伺い、わたしからぜひお願いしたいと兄にわがままを言ったのです」

「わがままではございません。学びたいというそのお気持ちこそご立派です。わたくしでよければ、ぜひアメリア様のお手伝いをさせてくださいませ」

「本当ですか！　ありがとうございます！　お兄様、ありがとう！」

少女の顔がぱあっと輝いた。いやもう、比喩でもなんでもなく、お日様が差し込んだように彼女の周りだけが明るくなっているくらい華やかな笑顔だ。必要以上に緊張して固くなっていたのは、断られたらという恐怖もあったのかもしれない。

もともと仕事が欲しかったし引き受けるつもりでいたけれど、とにかくこのアメリアに共感してしまった。そして彼女の内に秘めた熱意に圧された。

しかし条件も何も聞かないうちに仕事を引き受けた私に対し、公爵は驚いたような表情を浮かべていた。

三食昼寝、賞与付き

住み込み、三食付、午前二時間、午後二時間の座学、それ以外の時間も生徒の望むままに授業を継続すること。

これが公爵に提示された家庭教師としての勤務体制だった。給与は月に銀貨五百枚。拘束時間は確かに長いが、家庭教師の身分の給与としては破格中の破格だということは未経験の私にも分かる。

条件を聞いたとき、ダリオおじ様は卒倒せんばかりに驚いていたし、寮に戻ってハンナに説明したらこっちは本当に腰を抜かしていた。

「お、お、お嬢様……、これはまさか結納……公爵様からのご求婚なのでは……」

「なわけないじゃない。れっきとした雇用契約よ」

「で、でも、ハンナは長く男爵家で使用人をしておりますけれどね、そんなお給金の額、聞いたことがありませんよ」

「そりゃ、うちは裕福とはいいがたいから……」

すいませんね、と心の中でハンナに舌を出す。うちの経済状況と公爵家のそれとは、桁がどれほど違うのか。あのお屋敷を見た者でなければこの気持ちは共有できないのではないだろうか。

「でも悪いんだけれど、使用人が侍女を連れていくわけにはいかないの。ハンナは男爵領に戻ってお母様にその後の指示を仰いでくれる？」

「そんな、ますますお輿入れのようなことを……」

「何言ってるのよ。結婚だったら自分の侍女連れていけるでしょ？」

「まあ、そうでしょうけど……」

一人で男爵領へ帰されることが不満なのか、それともまだ私が公爵と結婚するのではという妄想が諦められないのか、ハンナは渋い顔をする。

とにかく、と私は外出用の帽子を被った。今日は公爵家へと引っ越すため、入用のものを街で買い集めるつもりだった。当座の着替えや本などはもう公爵家へと送ってしまったが、寮生活では自前のものが必要なかった簡単な食器や初等学校用の本などを見繕わなければいけない。

「夕方までには帰るわ。明後日にはここを引き払うから、ハンナも自分の荷造りをしておいて頂戴」

眉を八の字にしたハンナにそう言い残し、私は寮を出て街へと繰り出したのだった。

そして。

——街に出た私はなぜか本屋で鉢合わせたクロエとお茶を飲みながら向かい合って座っていた。

ちょっと顔を貸しなさいよ、とおよそ良家の女子が言わないような台詞とともに露店の前まで連れていかれると、クロエはおもむろに葡萄を絞った果実水を注文した。

「話が長くなるかもだから、あんたも何か頼みなさいよ」

「……おごり？」

「なわけないでしょ」

ですよね。

私は露店の示すメニューから一番安い帝国産の紅茶を指さした。湯気が立ち上るそれを受け取ると、クロエが待つ卓に着く。すると椅子に腰かけるが早いか、クロエが身を乗り出してきた。

「ちょっとあんた、ヴォルフザイン公爵様とどういう関係なのよ」

「は？」

「昨日、公爵様のお屋敷に呼ばれたんでしょう？」

隠すことではないが思わずぎくりとした。彼女が聞きつけたら面倒なことになりそうだ、自分の商会を立ち上げたい、よりよい人脈を得て商売に繋げたいというクロエにバレたら面倒だと思っていたのにまさかあっさり知られてしまうとは。

「な、なんでクロエさんがそれを……」

見くびらないで、とクロエが胸を反らした。

「寮住まいのお友達が教えてくれたのよ。しかし何よ、わざわざ大学寮に馬車が迎えに来たっていうじゃない。しかも、一緒に後見の男性も乗って言ったって聞いたわ。いったいどういうことなの？　まさか貴女、ヴォルフザイン家のご当主とそういう仲だったりするの？　いつのまに？」

ああ、と私は彼女の友人たちを思い浮かべた。王都に実家があって大学に通えるクロエのような学生もいれば、私のように実家が離れていて寮にいる学生もいて、その中にそういえば地方の出の女子学生がいたんだった。卒業式後に寮に残っているなんてもの好きが私以外にもいたらしい。

「貴女、文官の任用試験がないからって結婚するつもり？　自分の夢を早々に諦めたっていうの？　しかもそれにしたってヴォルフザイン家なんてところによく狙いを定めたものね。競争率はものすごいはずよ」

「狙っているとかじゃなくて、実は仕事をいただいたの。あの日は契約のお話を伺いに行ったんです」

「そんなこと言って、ヴォルフザイン公爵はまだ独身よ。仕事にかこつけて近づいてあわよくばって思っていたりするんじゃないの？　そもそも貴女、男爵家と公爵家が釣り合うと思っているの？　ヴィックラー家といえば王都に屋敷を構える資産もないような田舎男爵でしょ？」

なんと答えようかと思案していると、クロエは畳みかけるように質問を続けてきた。だんだんとその内容が失礼な方面に走り始めている。公爵家に男爵家が釣り合わないのは承知の上だけれど、そんなことを私に言われてもどうしようもない。

「卒業後すぐに結婚なんておよしなさいよ。宝の持ち腐れって言ったじゃない。貴女も私も、大学で得た知識や教養をもっと活かすべきなのよ？　貴女の能力なら国内で有数の科学者になることだって大学で教鞭を執ることだってできるでしょうに」

「科学者や大学の先生って、女はまだまだお断りって風潮が強いじゃないですか。明確に募集してるわけでもないですし。なにより研究を続けるにはお金もいるし」

「なに頭の固いこと言ってんのよ」

これは困った。

すっかり煮えたぎってしまったクロエは、卓に乗せた私の手を握りながら身を乗り出してきた。親身になってくれるのはありがたいが、なぜこう皆して話をちゃんと聞いてくれないのだろう。

いや、クロエの場合は私の実家に対してちょっぴり失礼なことを言っていたし、話を聞いていないのではなく聞く気がないのかもしれない。人脈づくりにあまり興味を示さなかった私が、彼女の持つ人脈よりはるか上の存在である公爵とつながりを持ってしまったのが癪に障ったのだろうか。

いや、違うな。私は眉と肩を怒らせたままのクロエを横目で見た。姉御肌な彼女のことだ。本当に何かしらの心配をしてくれているんだろう。口が悪いのはご愛敬だ。

「本当にこの件はお仕事なのよ。公爵様は私にとってただの雇用主。王都に残って再来年以降に官吏任用試験を受けたいと言ったら、お情けで雇ってくれることになったの」

「はあ？　いったいどういうことなの？　その試験って、たしかしばらく開催されないのよね？　卒業式の日、貴女が知らない様子だったからびっくりしちゃって言いそびれたけれど」

「そうなのよ。全然発表を聞いていなかった私が悪いの。でも私、どうしても試験が受けたくて、実家に戻りたくなくて。帰ったらどこかの方と結婚させられてしまうかもしれないでしょう？　王都に残るならなにか仕事をして宿代を稼がなくちゃって思っていたら、たまたまそれを公爵様が聞いて憐れんでくださったの」

とりあえず、憐れまれた、情けをかけられたという線で話をすると、少しだけクロエの勢いがトーンダウンした。卓に乗り出していた体を起こし、椅子に深く腰掛けて不機嫌そうに腕を組む。

そして冷たい果実水を一口飲んで気を落ち着けたのか、で、と話の先を促された。

「家庭教師を頼まれたのよ。公爵様の妹君の」

「公爵様の妹君って今いくつ？　なんだって貴女に？」

どこまで経緯を話して良いものか一瞬考えたが、下手に隠すことでもないだろう。

「十一歳のとても内気な姫君で、女性の教師を探して大学まで紹介してもらいに来ていたらしいわ。そこに学長が私を推薦してくださったようなの。それだけのご縁よ。婚約とか、結婚とか、そういう話ではないんです」

なあんだ良かった、とクロエは破顔した。単純と言えば単純、裏表がないといえば裏表がない人柄がにじみ出る笑顔である。普段のキリッと凛々しい雰囲気とは違う、可愛らしい様子に私も思わず顔がほころぶ。

上背もそこそこで黒い髪を持つ彼女は、その外見から少し下級生にも怖がられていたし男子学生からも少し距離を取られていたっけ。商売にははったりが重要といって、本人もあえて化粧や装いでキツめの女性を演じていたようだったけれど、本当の彼女はこんな風に素直で優しく可愛らしい。

そういえばこうやって同期の女子学生と語り合ったことが少なかったな、と私はお茶に手を伸ばした。まだ熱さが残るお茶を一口すすり顔を上げると、クロエは何か空を見上げてぶつぶつとつぶやいている。

「どうかした？　何か商売のタネでも？」

つい興味が勝って話しかけると、クロエはうんと頷いてまた身を乗り出した。

「心配して損したって思ったんだけど、でもよく考えたらこれは好機よね。これを機会に、貴女に私を公爵様に紹介してもらうっていう手もあるわね」

「紹介できるほど公爵様とお話をする機会もないと思いますけどね。話をするにしたって、お仕事に関する指示を受けるだけでしょうし」

「ひょっとしたらってこともあるでしょ。その際にほら、ちょっと名前くらいはお耳に入れておいてくれると嬉しいわ。そうだ、お給料はどのくらいの契約なの？　貴女がうちのお客になってくれてもいいのよ」

本当に商魂逞《たくま》しい。何を取り扱う商会かも聞いていないのにお客になれとはなかなか難しい注文だけれど、本当に商機を逃さないようにするにはこのくらい強引な方がいいのかもしれない。

「いやあ……お給料は、その、相場が分からないもので……」

あいまいに笑ってごまかそうとすると、クロエの目がきらりと光った。

「私が以前伝手で伯爵家のお子様の家庭教師を請け負ったときは、月に銀貨百枚程度だったわよ。初等学校前のお子様だったからそんなもんだったけれど、公爵家ならもっと出してもらうんじゃないの？　ねえ、お屋敷に外商を向かわせるから何か買いなさいよ」

伯爵家の子息の家庭教師で銀貨百枚。私の喉はひゅっと詰まった。やはり月に銀貨五百枚という待遇は破格である。

急激に動悸が激しくなった私は、バッグに入れたベロア地の巾着の存在を思い浮かべた。給料が支払われるまでの手付として渡されたものだったが、その中に入っていた金額にびっくりして腰を抜かしかけたのだ。

その金額、銀貨三百枚である。

引っ越しに伴うもろもろの買い物や馬車代などを賄えとのことだったが、それにしたって払う金額が大きすぎる。

そこいらの安宿に一泊すると銀貨一枚程度の出費になる。もちろん素泊まりで、だ。朝食、昼食は合わせたって銅貨四、五枚程度だからいいとして、晩御飯に少しいい食堂でいいお肉を注文すると銀貨二枚程度。つまり、支度金としてもらったらこの銀貨だけで、つつましくしていれば向こう三か月以上は王都でぶらぶらと暮らせてしまうのだ。

いったいなんだってこんな大金を払うのだろう。というか、こんな大金を持っていることが改めて恐ろしくなってくる。やっぱり盗まれたり、お金を持っていると思われたりする前に帰ろう。

「夏休みの間だけの短期契約だったけれど、遊び相手もさせられてくたくたになったわ。ヴォルフザイン公爵様の妹君なら、そこまで重労働にはならないでしょうけど。……で、お給料って」

「そ、相場くらいですわねっ、そのくらい」

あらそう、とクロエはあっさり引き下がる。銀貨百枚の収入では買えないものでも勧めようとしていたのかもしれない。

しかしレニ大商会ならさぞ珍しいものを仕入れられるだろう。最新式の顕微鏡やガラスの培養瓶などいくらになるか問い合わせてみようかなと思いながらも、どうしても鞄の中の銀貨が気になってしまってお尻が落ち着かない。

「では、私はそろそろ……」

これ以上一緒にいていろいろ探られる前に退散するべきだ。そう思って腰を浮かせかけると、クロエは私の手首をがっしりと掴んだ。にやりと笑う顔は、どこか猛禽類を思わせる。こういうとき、クロエのような強い色の瞳や髪は迫力があるなと妙なところに感心していると、ちょいちょいと手招きされた。

「まだ話は終わってないわよ」

「な、なんでしょう……？」

「妹君の教材はどこから仕入れるつもり？　よかったらうちを通さない？　注文の連絡を受けたら、その日のうちに配達してあげる」

「でもそれは私の一存では……」

「配達のついでに公爵様に繋いでくれたら、配達料は無料にするしうちの商品も貴女に限って全品五割引にしてあげる」

なんという逞しさだろう。話の流れで一瞬のうちにこれを打ち出し、勝負に出てきた。一般人一人に対する割引を大きくしても、公爵家との繋がりと定期注文があれば十分以上の利益が見込めるというわけだ。

「それは、私の一存では決められないわ」

「いいのよ、とにかく私を公爵に繋いでよ。そしたら何かしら貴女にも得なことがあるって言いたいの」

ふふふ、とクロエが微笑んだその時だ。露店と隣り合う市場の一角で客がざわめいた。

「そんな金額になるわけないでしょ！」

ざわめきの中ひと際高く響いたのは、おそらく年配の女性客の声だった。ふと声のする方へ視線を走らせると、野菜売りの荷台の前でどこかの小間使いらしい少年が一人の恰幅の良い女性に胸倉をつかまれているではないか。

「そんな誤魔化しなんてこのアタシには通用しないよ！　差額をせしめようっていうんだろう！　この店の回し者なのかね！」

「い、いや、僕はそんなつもりはなくって……単価と割引率が違うから、奥さんの出した金額じゃ買えないですよって言っただけで……！」

「そんな言い訳が通用すると思ってんのかい！　アタシはね、ずっとこの市場で買い物してるんだよ。そのアタシが今までそんな金額になったことがないって言ってるんだ！」

「お、奥さん、落ち着いてください……。この野菜は似てるけどきっと奥さんの言ってる種類とはちょっと違って……！」

少年は耳の下で揃えられている赤みがかった黒髪と、日に焼けた肌が南の海の向こうにある帝国風の容貌だけれど、話している言葉は流暢なレンバルト語だ。

大声で罵る女性と、必死に抵抗する少年の周りにはすぐに人だかりができた。しかし女性の方の剣幕がすごくて誰も止めに入ろうとしていない。少年は青い顔をしながらも一生懸命首を横に振っている。そのすぐ隣で、店番をしていたらしい少女がおろおろと二人の間を行き来していた。

「お前みたいな貧乏な異国の子どもの言うことなんて信じられるもんか。ぼったくるつもりなんだろう！　このコソ泥が！　警吏《けいり》に突き出してやるからこっちおいで！」

「いや、僕は王国民ですって。あと奥さんの出した金額じゃ、かなり少ないと思うんですよ……！　その金額で売ったらこの子の店が損になってしまいますし……！」

どうやら買い物をしている際に少年が女性の計算間違いを指摘した、ということらしい。指摘が本当か嘘かはまだ分からないけれど、女性の側の高圧的な態度が目に余る気がした。

価格の行き違いなら落ち着いて計算しなおせばいいだけなのに、女性は小綺麗な身なりをしているがやっていることが恫喝に近い。コソ泥扱いされた少年の方も別にみすぼらしい服装をしているわけでもなく、身に着けているエプロンはまだ厚みが失われていないいい生地だ。あんなものを身に着けられる子が、わざわざ詐欺のような手口で小銭をせしめようとするだろうか。

しかし熟考している間もなく、女性は大声でわめきながら抵抗する少年の襟首を捕まえて引きずろうとし始めた。

「まっ……」

待ってください、と腰を浮かせかけたところで、私の手首をつかんでいるクロエの手に力が籠められる。

「……やめときなさい。首を突っ込んだって、貴女が晒し者になるだけよ」

「それはそうかもしれないけど……あの子が嘘をついているという訳でもなさそうですし」

「最近多いのよ。自由競争になって店側が価格を自分達で決められるようになってから、細かい計算できないご婦人が問題起こすの」

「なら分かる人が教えてあげないと。お店の人は何をしてるんです？」

年端もいかない子どもが理不尽な目にあうなんてとんでもない。私はクロエの手を振り払って、人の輪に分け入った。

「お待ちくださいお奥様」

少年を掴んで振り回さんとする腕に縋り付くと、女性はハッとしたようにこちらに目を向けた。低い位置でまとめている白髪交じりの髪はやや乱れ、少し日焼けした肌とぎょろっとした大きな目が特徴的な老婆だった。実家にいる母よりかなり年上に見える。

私が間に入ったことで、青くなっていた少年の顔がややホッとしたものに変わる。

「邪魔しないでおくれ。アタシはこのコソ泥を警吏に突き出してやるんだ」

「お話は少し聞こえました。金額について行き違いがあるようですが、奥様がお買いになりたい野菜と金額はどちらですか？　私が代金を計算します」

「なんだって？　アタシが計算を間違えているっていうのかい！」

「誰にでも計算の間違いはございます。落ち着いて改めて数えてみたら、ということもありますので」

ね、と私は双方に微笑んで見せた。笑顔が引き攣っている自覚はあるが、なんとか子どもたちを落ち着かせてあげたかった。

やっと大人、とはいえ私もまだ二十歳でしかないが、大人のような者が間に入ったことで店番の少女も少年も少し落ち着いたようだ。こくこくと頷いて、店番の子は赤みのある太くて長い茎から大きな平たい葉が伸びている野菜の束を持ち上げた。

「こ、こちらです……。お父さんが、ひとつ、銅貨三枚だって言っていて、十本の束だから銅貨三十枚だけど、二束買ってくれたら三割引って……そう説明しろって……」

「いつもだったら一本で銅貨二枚だろう！」

「ち、違って！　これは、その……いつもの畑で採れたんじゃなくて、聖女様がお祈りしてくださったちょっといい土でつくったやつで……」

「聖女様のお祈りで単価が変わるの？　土が変わるの？」

「え、ええ……とても貴重な土だからって……」

「だとしても二束で銅貨四十二枚はぼったくりだろう！」

「ちょっと待ってください。ええっと……」

奥様、と私は前置きをして手提げのバッグから小さなノートとペンを取り出した。さらさらと野菜の金額、一束の金額などをメモして計算式を立てる。

「こちらの野菜、一本が銅貨三枚、十本一束で三十枚、二束で六十枚です。で、二束買ったら三割引ということは、代金は銅貨四十二枚ですね」

「はあ？」

「で、いつも奥様が買ってらっしゃる野菜が一本銅貨二枚、十本一束で二十枚、二束で四十枚。割引は？」

「いつもなら二割……ってお父さんが」

「じゃあ二割引きとすると、四十に八掛けして銅貨三十二枚。確かに銅貨十枚の差がありますが、これは単価の違いから出た差額ですね」

え、と女性が瞬きした。紙上の計算式をじっくりと見つめ、指を折って数え始める。

「単価が五割増しの価格になっていたので、買値が高く感じたのかもしれませんが計算上は正しい数値です。割合の計算は初等学校の生徒さんでも間違いやすいものなので、暗算だと混乱しやすいですよね。きちんと紙などに書いてやってみるといいですよ」

私はノートをちぎり、店番の少女に手渡した。店主である父親も、子どもに店番をさせるならもう少し計算方法などを教えておいてくれればよかったのに、というのは黙っておく。

官吏任用試験などで民間からも役人を登用する制度ができたこの国では、一昔前と比べ市民の間でも識字率が上がり計算能力が高い人たちが増えた。一方で年配の方は文字を学ぶ機会を得られない人も多いし、あまり教育に興味がない家庭では子供たちは家業の手伝いだけさせておけばいいという風潮も根強い。多くの人が金銭や品物をやり取りする市場では計算力が必要だろうに、店番をさせる子に教育を受けさせていないのは親の方針か、それとも親もその必要性に対して無頓着なせいかというところか。

やっぱりある程度は国内の教育水準をそろえることが大切なんじゃないだろうか。そんなことを考えながら市場の中で店番をしている子ども達を見ていると、背後でぎりっと歯がきしむ音がした。振り返れば老婆が顔を真っ赤にして立っている。

「なんなんだいあんたは！　一体どこの誰なんだ！　小娘の分際で、貧乏人に手を貸していい気になるんじゃないよ！　そもそも、女のあんたがそんな計算できるなんておかしいじゃないか！　これもいかさまなんだろう！」

「はあ？　いや、これは初等学校内容の数学で……」

説明が足りなかっただろうか。もうちょっと言葉を足そうとすると、傍らにいた小間使いの少年が割り込んでくる。

「そ、そうです。この子が詳しい計算が分からなかったようなので、僕からこちらの奥様にそう説明して金額が違いますって言っただけなのに……。でもお嬢様、すごいです。こんなにすらすらと……」

キラキラした表情で見上げられれば悪い気はしない。しかしありがとう、と言いかけた時、相手の女性が大きく足を踏み鳴らした。

「学校学校って、それがどうしたっていうのさ！　長年市場で買い物の経験をしているアタシに説教なんて、家でどんなしつけをされてるんだい！」

「しつけは関係なくてですね、これは割合の計算というもので、多くの初等学校の生徒さんが躓《つまず》いてしまうところなんですよ。単価が違うというところに着目しておくと納得しやすいかもしれませんし、慣れたらちょっとした工夫で……」

「やかましいわ！　学校に行ったことがないアタシに当てつけるんじゃないよ！」

しまった。

当てつけるとかいうつもりはなかったけれど、知らないうちに何か彼女の癪に障ることを言ってしまったらしい。

激昂した女性は手に持っていた野菜の束を振りあげた。それはまだ代金未払いだ、という暇もない。小間使いの少年が私をかばうように前に出た。あっという間に野菜は地に叩きつけられ、それを受け止めようとした店番の少女の顔に破片が当たる。

きゃあ、という悲鳴が周囲を取り囲む人の輪に広がった。いつの間にかクロエもその輪に加わっている。慌てたような表情で何やら叫んでいるようだ。この際警吏の人でもいい、クロエの実家の従業員でもいい、誰かこの奥さんを止めてくれ。

「全員まとめて警吏に突き出してやる！」

「うちの使用人が何か失礼でも？」

錯乱状態の女性が怒鳴ると、それに応じるように男性の声が頭上から降ってきた。その声には聞き覚えがある。いつの間に停まっていたのだろう、背後には一台の馬車があった。きぃっという金具が軋む音がしたかと思うと、そこから一人の男性が降りてくる。

「坊ちゃま……！」

私の前に立っていた少年の顔が輝いた。助かった、と言わんばかりにホッとした表情を浮かべ、即座に頭を下げる。

「アロンソ、花を買うのにいつまで時間を食っているんだ。しかもそこにいるのはヴィックラー嬢じゃないか。何の騒ぎだ」

やってきたのはトレス伯令息、エウゼビオだったのだ。ということはこの少年はトレス伯の家の使用人ということになる。

私を見て一瞬顔をしかめると、エウゼビオは少年とともに私の前に立ちぐちゃぐちゃになった野菜を手にする女性に礼を取った。上背もあり体格も良いので、ものすごく様になる。つい先日まで同じ教室で過ごしていた相手だというのに、もうすっかり立派な紳士の風情だ。

「使いに出したうちの使用人が戻らないので様子を見に来てみたのですが、なにやら騒ぎを起こしていた様子。失礼があれば私の方からお詫びしますが、いかがでしたかな、奥様？」

「……な、なにも……」

優雅な物腰ながら有無を言わせない圧力をかけるエウゼビオに、女性は圧倒されたように口をつぐんだ。小娘と子ども相手ならまだしも、エウゼビオが出てきて相手が悪いと思ったんだろう。

「そうですか。お手元の品物の代金はこちらで持ちましょう。ただ、これ以上何かおっしゃるようでしたら……」

「い、いえ、結構よ！」

女性はそう吐き捨てると、ぐちゃぐちゃになった野菜を持ったまま踵を返した。どう見ても納得はしていないが、肩をいからせたその背が遠ざかっていくと私の身体からも力が抜けていく。

通りの向こうで女性の姿が角を曲がるまで見送り、私はようやく胸の奥から細い息を吐きだした。人の輪が興味を失ったように散っていくと、その外からクロエが駆け寄ってくる。

「エルネスタ！　もう！　貴女って人は見かけによらず向こう見ずで危なっかしいったら！」

「ごめんなさいクロエさん。まさかあの女性があんなに興奮するとは思わなくて」

「最近多いって言ったじゃない。ああいう女性って自尊心は高いくせに人に教えを乞おうなんてしないんだから、正規の金額を突き付けてやればいいのよ」

そうしたらぼったくりって言われちゃわないかな、と言いかけたけどやめた。まずはこっちだ。

「危ないところをありがとうございます、エウゼビオ様」

私は小間使いの少年と並んで立つトレス伯令息に頭を下げた。あっと口を押えたクロエも、面倒くさそうではあるけれど私に倣う。エウゼビオは照れたように頭を掻いた。

「いやぁ、レニ商会のご令嬢も一緒だったとは。こちらこそうちのアロンソが世話になってしまったね。遅いので様子を見に来て正解だったよ。さあ、アロンソもお二人にご挨拶をしなさい」

ありがとうございました、と頭を下げる小間使いの肩にはさっきの野菜の破片がくっついていた。あんなに激昂していた女性の前に飛び出し、引っ叩かれそうになった私を庇ってくれた勇気はたいしたものだ。私が手を伸ばして茎のかけらをつまむと、小間使いはびっくりしたように瞬きした。

「お、恐れ入ります……」

「おいおいアロンソ、君はどこまでヴィックラー嬢に手間をかけさせるんだ。お気遣い、この子に代わって感謝するよ」

「いいえ、出過ぎたことをしてかえってエウゼビオ様のお時間をいただいてしまったようで申し訳ございません」

あのままだったらどうなっていたことか、と今になって身震いする。言葉は通じているのに話が通じない、という経験は初めてだった。

私が改めて頭を下げると、エウゼビオは鷹揚に笑って私の肩を叩いた。往来で女性の体に触れるとは、随分と馴れ馴れしい。しかし大学で机を並べていた間柄だし、気安い同期としての距離感であれば分からなくもない、か。

いまいち納得しきれない気持ちで首を傾げそうになっていると、エウゼビオはそれには気づかない様子のまま小間使いの背もぱんぱんと叩いている。そしておもむろに、ふむ、と頷いた。

「そうだ、うちの使用人を助けてくれたお礼がしたい。近々、屋敷に招待してもいいだろうか。父も君の話をしたらぜひ会ってみたいと言っているんだ。レニ嬢もいかがですか？」

「私はご遠慮申し上げますわ」

私が答えるより早く、棘のある声で答えたのはクロエだ。何が気に入らないのか、結構分かりやすく顔をしかめている。

まあ私の方も簡単にはお約束することができない。こちらにも都合というものがあるし、この先いつお休みがもらえるかもわからないのに安請け合いなどできないからだ。

「遠慮することはないよ。明後日あたりはどうだろう。食事でも一緒に――」

「しばらく予定が立て込んでおりますの」

ごつっとわき腹にクロエの肘が入る。早く断れということだろう。痛みをこらえて膝を曲げると、エウゼビオはそれを了承ととらえたのか顔をほころばせた。

「申し訳ございません。わたくしもしばらくの間予定が立て込んでおりまして、ご遠慮させていただきます」

「なんだって？　何がそんなに忙しいんだい？　卒業式も終わったし、あとは領地に帰るだけだろう？」

常であれば私も礼儀に反する真似はしたくない。けれど今は新たに予定を入れる余裕がない。ここははっきり言っておくしかないようだ。

「領地には帰りません。職が決まりましたので落ち着くまでは少々……」

「職だって？」

職と言った途端、エウゼビオが真顔になった。卒業式の時にも話した気がするけれど、真に受けていなかったのかもしれない。まあそこは仕方ない。裕福な貴族の坊ちゃんには、貴族の令嬢が働きたいなんて意思があるとも思わないだろう。

「はい。卒業後、運よく雇用してくださる方が見つかったので、今しばらく王都に滞在できることになりました。お誘いは誠にありがたいのですが、しばらく忙しくなるかと思いますのでまたそのうちということに……」

「男爵領には戻らないのかい？」

「ええ。個人的に王都に残っていたい理由もありますから」

へえ、とエウゼビオが顎を撫でた。満足そうに笑みを浮かべ、何度もうんうんと頷いている。

「……やっぱりそういうことなんだね。よしわかった、それなら早く父に話を通そう」

「は？」

「いやいや僕はいつでも歓迎だよ。領地の経営も商売も、君みたいに頭の良い女性とならうまくやっていけそうだし、研究に没頭しているときのように一生懸命僕を支えてくれるだろうし」

「は？」

もう一度、特大の「は？」が出た。

何故私がこの男を支えるという話が出てくるのだろう。何か盛大な勘違いをしているのではないだろうか。

そもそもなんでこの人はこの間から友好的なんだろう。もともとは私の成績が良くて妬んで絡んできていたのに、卒業式あたりからどうにもおかしい。

相手の意図するところが分からず私が口をつぐむと、エウゼビオは豪快に笑って隣の小間使いと顔を見合わせた。小間使いの少年の方もにこにこと笑みを浮かべ、主のいうことにいちいち頷いている。

「照れることはない。いっそのこと、決まったというその職はやめて、早々にうちに来てしまったらどうだろう。お父上にもそのように使いを出そう」

いや困る。

せっかく決まった職を今更断るなんて不義理はできない。私は大きく首を振った。

「結構です。私、ヴォルフザイン公爵様のところで家庭教師になることになってますから。もう手付けもいただいてしまっていますし、父にもそのように伝えておりますし」

「そういうことですわ、エウゼビオ様。さ、行きましょう、エルネスタ。まだお買い物も済んでいないのでしょう？」

そうだ、買い物。本屋でクロエに捕まってすっかり忘れていた。今日中にノートや当面の衣類などをそろえなければいけなかったんだった。

そう思ったのに、エウゼビオは公爵の名前を聞いて顔を険しくした。

「あの冷血と噂の？　王子の腰巾着の公爵のところへ？　やめておきなよ。家庭教師なんてそんな仕事は男爵家の令嬢がすることじゃないよ」

「いえ、でも既に妹君のアメリア様にもお会いして、お仕事を受けるとお返事しているものですから」

腰巾着、と聞いて刑場に立つ公爵の姿を思い出した。観衆もおらず、そして極めて少人数で行われたあの処刑に居合わせた様子からも、公爵は王子と深いつながりがあるのだろう。それは今生でも変わらないのか。そう思うとちょっとだけ公爵家へ行くのが怖くなる。王子には会いたくない。

心のどこか奥底で、ひょっとしたらと言う気持ちがくすぶっていることに私は気づかないふりをした。胸の内に蓋をし、そこから漏れ出てこないようにしっかりと封をする。

しかしエウゼビオはそんな私の気持ちなどお構いなしに首を横に振った。

「いやいや、あそこはやめておいた方がいい。もしどうしても教える仕事がしたいのなら、うちの弟の家庭教師になってくれればいいじゃないか。その方が父にも紹介しやすい」

へえ、弟がいるのか。そう思って隣を見ると、クロエが忌々し気に顔を歪めていた。こっちもこの間からやけにエウゼビオに当たりがきつい気がする。二人の間に何かあったんだろうか。まさかクロエの実家の商売で何か問題でも起こしたんじゃ。ありえそう。

ぼんやりとそんなことを考えていると、エウゼビオは業を煮やしたように拳を握った。

「ここまで言って分からなければはっきり言おう。僕は君に求婚したいんだ」

「……は？」

往来の真ん中で、この坊ちゃんは何を言い出したのだろう。訳が分からず隣のクロエに助けを求めて視線を投げ、そして固まった。黒い前髪の下の瞳が、心底汚らわしいものを見ているかのように細められているではないか。唇からは大音量の舌打ちが漏れている。

「く、クロエ……さん？」

「やっぱり、そういう魂胆だったのね。だから嫌いなのよ」

そういう魂胆ってなんのことだと聞き返したいけれど、ぎゅっとクロエが私の手首を握った手に力を込めた。痛いくらいの力に、下手な対応をしたら食われそうな恐怖すら感じる。もう帰りたい。

しかしエウゼビオは私達の間に流れる微妙な空気を無視して、滔々《とうとう》と語りだしてしまった。

「君がいつも僕を意識していることは分かっていたよ。いつもいつも必死に勉強して、そして僕の気を引くために目の前に立とうとしてくれていたこともね。最初はその態度が気にいらなかったけれど、卒業しても健気に王都に残って僕の傍にいてくれようとする君の気持ちに応えたいと思っているんだ」

「ちょ……と、それは、あの、勘違いというか……私にそんなつもりは……」

「しかしだね、公爵家の令嬢もわざわざ家庭教師をつけるなんて無駄なことと思わなくてはいけないよ。女性の幸せは結婚にあると相場が決まっている。いいご主人に嫁ぎ、そして子どもを産むことが最上の幸せだと思わないかい？　君が子どもに教えたいというのであれば、自分の子が生まれたときで十分だよ。君の能力は素晴らしい。その知性をぜひ我が子へ伝えてほしいと思っているんだ」

体格もいい、そして身なりもいい男性が高らかに演説をし出した、と周りにはいつのまにか市場の客が集まってきている。何事かと耳をそばだたせ、そして一様に何か得心したようにうなずき合い、私の方へと視線が集まってくるのが分かる。

仮にも貴族の娘に対してなんという辱めだろう。私の頭は一瞬で熱くなった。

「お気遣いありがとうございます。ですが、私、あなたと結婚するつもりは一切ございませんので！」

きっぱりと言い切ると、その場が一瞬水を打ったように静まった。

まさか断られるとは思っていなかったのだろう。エウゼビオも小間使いのアロンソもキョトンとした顔で動きを止めている。私にとっては腹が立って仕方がない御説も、彼らにとってはごく当たり前の価値観で、それが私の気に障ったなんてことにはまったく考えが及んでいなさそうなところがさらに腹立たしい。静まり返った中で、クロエだけが小さく手を叩いている。

なんで関係のない男に自分の職についてあれこれ意見されねばならないのか。なんで私の気持ちを全く理解しない人に衆人環視のもと求婚されなければならないのか。なんでアメリアの学習意欲に言及され価値観を押し付けられなければいけないのか。

ひとかけらも関係がない、たかだか伯爵家の坊ちゃんごときに。

「私、公爵様の妹君にお会いして決めたんです。とても向上心のある方のようで、心を打たれました。あの方のお手伝いがしたいんです」

では、と深く頭を下げると、私はぽかんとしたままの主従を無視し、踵を返して市場を後にしたのだった。

新顔と軋轢と

そして、数日後。迎えの馬車に乗って公爵家へ行くと、私は早速部屋に通された。

しかしそこは使用人部屋の集まる母屋の一角ではない。通された部屋を見渡して、私は開いた口がふさがらなかった。

そもそも与えられたのは部屋ではなかったのだ。母屋に隣接した別棟、つまり離れである。しかも一棟丸ごと。寝室だけでなく空の本棚がたくさん備え付けられた書斎、ソファとテーブルがある居間、簡単な料理であればできてしまう小さめの調理場、そしてちょうどよいサイズの食堂。それらが全て揃っている、まさに一軒の家である。

母屋からは屋根付きの渡り廊下で繋がれ、夜でも真っ暗にならないように柱ごとにガス灯が付いていた。室内もオイルランプとガス灯のいずれも使えるように整っており、蝋燭用の燭台もそこかしこに置かれている。夜になったら明りは蝋燭数本、という寮生活とはまるきり違ってこれは本が読み放題だ、と喜んだのもつかの間。部屋ごとの設備を見て、すぐに圧倒的な経済力に恐怖した。

給料の件といい、手付の件といい、もはや貧乏男爵家の娘には理解しがたい待遇だ。

「あ、あの……?」

私は行儀が悪いとは知りつつも、部屋を指さし隣に立つ仏頂面の青年を見上げた。

歳の頃は私や公爵と同じくらい、背は踵の高い靴を履いた私より頭半分ほど高く公爵とよく似た短い黒髪の青年は、どうぞ中へと私を誘う。事前に運んでもらったわずかな荷物は既に寝室の隅にまとめられていた。

「あ、あの……このお部屋は……誰かと一緒に使うことになるのでしょうか……?」

「いえ、こちらは公爵閣下が男爵家ご令嬢のヴィックラー様にお使いいただくようにと。不十分でしょうか」

「逆です逆です! ひ、広すぎませんか……?」

「そうですね。貴女一人には広すぎです。しかし閣下がどうしてもとおっしゃっているのでお使いください」

「……え、ええ」

「私も父から、公爵閣下の先代であるお父君や、その更に先代の公爵様がお客様を招いた際、宿泊していただくために建てたものと聞いております。しばらく使われなくなっていたので、このように、掃除が行き届いておりませんが……」

青年がすぐ近くの窓枠を指で撫でると、確かに日の光に埃がキラキラと舞い上がるのが見えた。足元を見れば、青年と私の靴の痕がくっきりと床についている。一瞬こちらを横目に見て、ふうっと指先の埃を吹いた青年は機嫌が悪そうな顔をさらに険しくさせた。

「……掃除は、ご自身にお願いしても？」

「は、はい！　できます、やります！」

「左様ですか。メイドを一人寄こしましょうか？」

「いえ、大丈夫です。掃除、好きですから！」

こんな広くて立派な建物を与えられた上に掃除まで人の手を借りるなんて、雇われた側の待遇ではない。なぜかこの青年の言葉の端々に棘を感じなくもないけれど、私はぶんぶんと首を振って手荷物をテーブルに置いた。

しかしこんなに広くてお部屋の数もあるのであれば、ハンナも一緒に来てもらえばよかったと今更ながら後悔する。使用人が使用人を使うわけにはいかないと言って領地に帰らせたけれど、さすがにこれは想定外である。

「左様ですか。では、そのほかに何か入り用なものがあれば、その時にお申し付けください」

「ありがとうございます……ええっと」

「礼は不要です。私はフィデルと申します。公爵閣下の従僕を務めさせていただいております」

「ありがとうございます、フィデルさん」

「……本日は閣下が執事のグラッドとともに会議に出ておりますので、私がヴィックラー様をご案内するようにいいつかっております。何かあれば私に」

そう言うとフィデルは表情も変えずにさっと会釈をした。そのきびきびとした動きに、さすが公爵家の使用人であると感心してしまう。父の従僕は歳がいっているせいもあるけれど、もっとのんびりとしていたはずだ。

今いくつだっけ、と父の従僕の顔を思い出していると不意に郷愁に駆られた。大学に行くからと実家を出てから四年、満足に領地へ帰ることもせず、卒業したのにまた顔を見せることもなく職に就いた私は、やはり不義理な娘なのだろう。

「それでは次は母屋へ参ります」

「は、はい！」

物思いにふける暇はない。くるりと踵を返したフィデルに大急ぎでついていくと、渡り廊下から母屋の裏口へとたどり着いた。屋敷の裏庭に面しているが、植えられている庭木はどれも見事なほどきれいに刈り揃えられている。

大きなお屋敷はどこもかしこも手抜かりがないなと思いながら裏口の扉をくぐると、そこには公爵が待ち構えるように立っていた。

「やあ、来ていたか」

「ユリウス！　会議はどうしたんだ。お前の手は煩わせないと言っただろう」

「会議は手短に済ませてきた。今日はヴィックラー嬢を迎える日だ。いくらなんでも俺が不在のままという訳にはいくまい」

公爵の姿を見つけると、フィデルは慌てたように主のもとへと駆け寄っていった。それまで険しかった表情が、まるでご主人を見つけた犬の様に輝いて見える。

しかし本来使用人たちしかいないはずの区域に主がいたことによほど驚いたのだろう。呼び名から敬称が抜けて呼び捨てだった。歳も近いし、それをすぐさま咎めない程度には、この主と従僕の関係は近しいのかもしれない。

歳は離れているけれどうちのハンナもたまに口調が砕けるしな、とまた領地を懐かしんでしまう。つい今朝まで一緒にいたというのに、初めて身内と離れて暮らすということに少し緊張しているのだろうか。そんなことに気が付くと、なんとなく鼻の奥がつんとしてしまう。

まだ何か言いたげに口を開こうとしたフィデルだが、公爵はそれを遮るようにして私を手招きする。

「どうかな、ヴィックラー嬢。離れは少し古いが、君が来てすぐ不自由なく使えるよう手入れをするように言っておいた。気に入ってもらえましたか？」

「え？　手入れ……？」

さっきの広い離れのことか。

建物自体に損傷はないようだし、使うには問題ないはずだけれど、得意そうに手入れをしたと言われるとあの埃の量に疑問が浮かぶ。その時、公爵の背後に立ったフィデルがものすごく眉を吊り上げたのが見えた。喜びにあふれていた犬が、天敵を見つけて威嚇するようだ。主に自分が見えていないのをいいことに、声を出さずに「はいと言え」と唇を動かしている。

あ、と何かが腑に落ちた。

「なにか？」

「あ、はい、はい。とても広くて、その、あんな広いところを使わせていただくのが心苦しいほどで」

小首を傾げた公爵に向かってちょっと言い訳がましく告げると、フィデルの眉がゆっくりと下がる。

なるほど。そういうことか。

「なあに、気にしないでくれ。君は俺が雇用したとはいえ我が家の使用人ではない。客人の待遇で迎えさせてもらうつもりですよ」

にっこりと微笑む公爵に、フィデルは困ったように首を振った。

「ユリウス。それではほかの者に示しが……ただでさえ、ほら、今はエメルダ様がいい顔をしないのに……」

「確かにな。まあこれは当主の俺が決めたことだし、話はグラッド経由で夫人にも確認している。これからみんなに紹介か？　エメルダ含め、皆には俺から言おう」

「お前の立場を思って言ってるんだぞ」

「構わん。この屋敷の当主は俺だ」

行くぞ、と公爵は廊下に連なる一つの大きな扉を開けた。その瞬間、ふわっとした油や小麦粉を焼いたときのにおいが広がる。食べ物のにおいがするということは、どうやらそこは使用人たちの食堂らしい。足元には数段、下に降りるための階段があった。公爵は私の手を取り、ゆっくりと室内へ案内してくれた。

「今日からアメリアの家庭教師を務めてもらう、ヴィックラー男爵令嬢だ」

そう公爵が告げると、数人からまばらな拍手が上がった。

半地下で薄暗い食堂に集まっていた屋敷の使用人はざっと数えて三十人は下らない。上級職、下級職の順にずらりと並んだ年齢も様々な使用人たちが、前に立つ私を物珍しそうにじろじろと見つめてくる。公爵の話によればこれでも今日は少なめで、集まっていない下級職もいるらしい。領地には百人を超える使用人がいるというから、本当に格差を感じてしまう。

その中に一人だけメイドのエプロンを着けていない女性がいた。上級職の、おそらくこの人がいわゆるメイド頭なのだろう。年はハンナより上か。険のある顔の中央には、細いけれど大きい鷲鼻が目立っていた。しゃんと伸びた姿勢に黒いけれど厚手で上質なシャツとスカート、そして肩からは鍵の束をぶら下げたサッシュを掛けている。

ともかく屋敷の中で仕事をする以上、この人にはちゃんと筋を通しておかないといけないだろう。私はそのメイド頭に向かって深々と頭を下げた。

「本日より、公爵家にお世話になることになりました。エルネスタと申します。以後、よろしくお願いいたします」

「まあまあ、これはこれはお若い先生ですこと」

煙草か、酒か。いずれにせよ喉に何らかの不都合がありそうな嗄《か》れ声に顔を上げると、メイド頭がにこやかな顔をして手を揉んでいた。

「この屋敷のメイド頭をしていますエメルダですわ。坊ちゃまが急にお話があるから集まるようにと言っていたのは、あなたのことでしたのね」

「そうだ。雇用の話が皆に事後報告となってしまって悪かった。急な話だったんでな。ただグラッド達には話を通してある。こちらは王立大学を首席で卒業された才女で、俺とアメリアが無理を言って来てもらった先生だ。いわば客人。くれぐれも皆、失礼のないように頼む」

事後承諾？

いくら公爵家の当主であっても、使用人の雇用に関して家令やメイド頭に事後承諾でいいのだろうか。男爵家ですら雇用に関しては一応メイド頭にお伺いを立ててからというのが通例である。

しかしエメルダと名乗った女性は公爵の言葉にうんうんと頷きながら、にっこりと浮かべた笑顔を崩すこともない。そこであれ、と気が付いた。

エメルダって、さっき公爵とフィデルが言っていた人か？　いい顔をしないとかなんとか言ってなかったっけ？

「ヴィックラー嬢。屋敷内のことはこのエメルダに聞くといい。離れに足りないものがあ

ますので」

「あ、で、ではあの、お掃除に必要な道具をお貸しいただけますか？　掃除は自分でやりますので」

「かしこまりました。お任せくださいませ、坊ちゃま」

エメルダは微笑んだまま公爵に向かって礼をする。他の使用人たちもそれに倣って頭を下げた。

ちっとも嫌がられている雰囲気はない。しかし、なんだいい人じゃないか。と、思ったのもほんの数分のことだった。

ざっくり私を使用人たちへ紹介すると、公爵はまた仕事があると言って厨房から急ぎ足で出て行ってしまったのだ。仕事の合間を抜けてきてくれたというのだからそりゃ戻っていくだろうが、そのタイミングをもう少し遅らせてほしかった。

公爵が姿を消したその瞬間から、場の空気がさあっと冷え込んだのが分かったからだ。

気配が変わったことに振り返ると、それまでにこやかに微笑んでいたはずのエメルダの表情から、一切の友好的な色が剥がれ落ちていた。下がっていた目尻はぎゅっと吊り上がり、顎をあげて私を一瞥するとふんっと鼻を鳴らす。

「さあ、て……」

底冷えするようなエメルダの声に、年若いメイドたちが弾かれた様に背筋を伸ばした。ぴんとした緊張感どころの話ではない。中には青い顔をしている少女もいる。

「何ぼさっと突っ立ってるんだい！　早く仕事に戻りな！」

荒々しくエメルダが手を叩くと、使用人たちは蜘蛛の子を散らすように足早に厨房から出て行ってしまった。あっというまに厨房には私とフィデル、そしてエメルダの三人だけが取り残される。

他の使用人たちがいなくなったタイミングで、エメルダは苦々し気に表情を歪めて私を振り返った。

「全く、あたしに話も通さず新しい家庭教師を雇うなんて、坊ちゃまも面倒なことをしてくれたもんだよ。お嬢様の教育はあたしが請け負うって言ってんのにさ」

「……は？」

急にはすっぱな口調になったエメルダは隣に立つフィデルに顎をしゃくった。

「マナーもダンスも音楽も、詩集も読み書きも、全部あたしが教えられるって言ったのにさ。乳母だったあたしのいうことなんて何一つ聞きゃあしない。あんたもしっかりご主人を止めてくれないと困るじゃないか」

「申し訳ございません、エメルダ様。しかし閣下のご決断でしたので」

「朝から晩まで金魚の糞みたいについて歩いているくせに、使えないったらないよ」

吐き捨てるようなエメルダの言葉に、フィデルは澄ました様子で頭を下げる。

「では金魚の糞として、私はユリウス様のお供をせねばなりませんので失礼します」

にやりと意味ありげに口元を歪め、フィデルは踵を返した。足早に立ち去っていくその後ろ姿は、わずかに肩が怒っているようにも見えるがどうだろうか。

というか、だ。こんなに私に対して好意を持ってくれていない人と二人にしないでほしい。そしてお掃除用具。

エメルダと二人で厨房に取り残されたと気づいた私は、恐る恐る彼女を振り返った。

「あ、あの……」

「今のあたしの話を聞いてなかったのかい？　あたしはね、あんたがこの屋敷に来ることなんて認めてないいんだ」

「そ、そうはおっしゃいますが、公爵様からの直々のご依頼で……」

「それがどうしたのさ。あたしはね、坊ちゃまが赤子のうちから乳母としてお仕えしてるんだよ。どこの馬の骨か知らないが、ちょっと成績が良かったくらいでしゃしゃり出てこられたら迷惑なんだよ。世の中ね、女が知恵付けたってろくなことになりゃしない。うちのお嬢様だって学校なんぞに行くくらいなら、修道院で聖女様の修業をしたほうがよっぽど役に立つ礼儀作法が身につくってもんさ」

威圧的な物言いに怯んでしまった私だったが、ちょっと成績が良かったくらいでと言われればカチンとくる。必死に勉強して大学を卒業したことを、なんだか馬鹿にされた気分だ。そもそも私がここに雇われたのは、当主とその妹君が家庭や自力で行える勉強以上のものを望んだからだろうに。あなたにそれを提供できる力があるのかと問いただしたい。

しかしエメルダは私の言葉が途切れたのを反論できないと解釈したらしく、くるりと背を向けた。

「分かったらさっさと辞表を出して出ていくこったね。いくら坊ちゃまでも、自分から出ていくといったものを引き留めることはしないだろうよ」

「そんな」

「あとね、あんた、離れの部屋に傷一つつけてごらん。承知しないよ。あんたみたいな小娘にあの離れを使わせるなんて、前のご当主様がお聞きになったらどんなに気分を害されることか」

ふんっとまた鼻を鳴らしてエメルダが厨房を出て行ってしまうと、一人取り残された私は大きく息を吐いて肩を落とした。

挨拶だけしかしていないのに、とんでもなく疲れた。

エメルダは長年この屋敷で乳母として働き、育てた兄妹が当主になったためメイド頭に就任したということか。当主を育てたというプライドがあるのか、人事権を無視されたことが相当気に食わないんだろう。

とはいえ、それをこちらに当たられても困るし、アメリアの望む教育については彼女から得られるとは思えない。本音を言えば公爵とエメルダの間で解決してほしい問題だ。しかしなにより私は手付金も頂いている上に、この幸運な職を手放すわけにはいかない。

「……まあ、気長にやるしかないか」

職場環境に馴染むのも勤め人ならでは、ということなのだろう。大丈夫。大学に入りたてのときも、なんだかんだいって貴族の坊ちゃんたちにいやな顔をされたし、都会のお嬢さんたちとはなかなか話せなかったし。言い方は悪いがこういうのは慣れているし、馴染み方を知らないわけじゃない。やっぱりハンナを連れてこなくて良かったかもしれない。

そしてそこで私ははたと気づいた。

「……お掃除道具、借りられなかった……」

慌ててきょろきょろと辺りを見渡してみるが、棚にあるのは銅や鉄の鍋や水差し、めん棒に包丁といったものの他、雑にたたまれた布巾ばかりだ。でもこっそりこの布巾を雑巾代わりに借りていくわけにもいかない。

部屋の隅にでも箒や桶でもないものかと探してみるが、該当するものは見当たらない。そういったものは掃除用具のお部屋にしまわれているのだろうか。ちょっと汚れたから掃除しよう、という時に不便だと思うんだけど。

それにしても、と私は手のひらをみてため息を吐いた。ちょっと物を探そうとしただけで随分と手が汚れてしまっている。いくら使用人たちの厨房とはいえ、もう少しお掃除をした方が良いのではないだろうか。手近なところにちょいちょいっと掃除できるものがあれば、手間を感じずにいつもきれいにしておくことができるのに。

茶色っぽい埃やごみがうっすらと付いた指先をスカートの後ろで払った私は、厨房から廊下に出て使用人さんを探すことにした。下働きをしている子の一人でも見つければ、掃除用具のありかを聞けるかもしれない。

――が、その目論見は見事に外れた。

厨房を出てすぐにさっき並んでいた使用人の少女の一人を見つけて声を掛けようとしたところ、顔を見るなり脱兎のごとく逃げられてしまったのだ。声をかける隙なんてない。はっとした顔をして一目散に走り去っていく少女の後姿はまさにおびえる兎のようだった。

おそらくエメルダの機嫌を損ねることを危惧しているんだろう。屋敷に仕える下級の使用人にとって、滅多に会わない当主より直属の上司であるメイド頭のほうがよほど恐ろしいらしい。その気持ちが分かってしまう程度には、エメルダのことを怖いと思っている自分がいる。

しかし困った。

私は部屋の床に残されたくっきりとした靴跡や、棚に降り積もった埃の山を思い浮かべた。いくらなんでも、あのままの状態で今夜眠ることはできない。なんとか寝室だけでもお掃除したい。

でも現状、お掃除用具を借りる当てがない。どうする、持ってきている古い服を一つ切って、雑巾にするか……でもただでさえ少ない服を切ってしまったら、洗濯に困るかもしれないな。新しいものを買うという手もあるけれど、と思っていた時だ。

「……あの」

ちょいちょい、と袖を引かれて後ろを振り返ると、柱の影でお仕着せのエプロン姿の一人のメイドさんが辺りを窺いながら手招きしていた。

「離れのお掃除ですよね。すみません、お手伝いはできないのですが、こちらをお使いください」

口元に手を当て、声を潜めて話す女性は私より少しばかり年上のようだ。栗色の前髪の下で、辺りを注意深く見回しながらこっそりと雑巾、手桶、箒を手渡してくれた。

「ありがとうございます、ええっと」

「ソフィと申します。一応、アメリア様付きの侍女です」

「ありがとうございます、ソフィさん」

礼を告げて掃除道具を受け取ると、ソフィさんはまたきょろきょろと辺りを窺った。

「エメルダ様に見つかるとうるさいので、これくらいしかできませんが」

「いいえ、助かりました。さすがにお掃除なしでは眠れそうもないお部屋だったので……」

「まあ……」

ソフィさんは眉をひそめた。掃除の件に関してはどうやらフィデルの差し金のようだけれど、というのは黙っておく。

とはいえ彼女も私と話しているところを見られたら立場がないかもしれない。掃除用具を手に私が会釈をして立ち去ろうとすると、ソフィさんはまた私の袖をちょいっと控えめに引いた。

「エメルダ様はああいう風におっしゃっていますが、アメリア様も当主様も、ヴィックラー嬢がいらっしゃるのを大変待ち遠しく思われていました。明日から、どうかアメリア様のことをよろしくお願いいたします」

「ありがとうございます。そう言っていただけると、心強いです」

メイド頭兼乳母が何と言ったところで彼女の学習意欲を支える気持ちは変わらない。そこへアメリア付きの侍女という彼女のような存在がいることが分かって、私は実のところかなりほっとしていた。上司の思想に染まって女に教育は不要だという人ばかりであれば、アメリアはさぞつらいだろうと思ったから。

できることならもうちょっと彼女からアメリアの様子などを聞いておきたいと思ったけれど、彼女も仕事があるだろうしエメルダや若い使用人たちに見つかると厄介だ。

私が掃除用具を手に会釈をすると、意図が伝わったのかソフィさんはわずかに微笑んで仕事に戻っていった。

そして結局その後私はたった一人で、約半日かけて離れの寝室と居間を掃除した。

運動不足を思い知らされながら箒をかけ、雑巾で棚や床を拭き上げた。とりあえず今日眠ることができそうな程度まで掃除を終え伸びをすると、体中から変な音が漏れるほどだ。これほど動いたのはどれくらいぶりだろう。

しかしエメルダの言動を忘れるために無心で掃除をしたおかげで、その晩は夢も見ずに泥のように眠れたのだった。

そして翌日の朝。

いよいよ初授業である。

簡単に朝食を済ませた私は離れで身支度をすると、事前にフィデルから教えてもらった通りにアメリアの部屋へと向かった。

広い公爵の屋敷は客を迎えるエリアと、当主たち家族のエリア、そして使用人のエリアに分かれて建てられているらしい。この間ダリオおじ様と伺った応接室は、まさに「お客用」のエリアで調度品なども最上級のものが並んでいた。しかし指示された通りに向かった当主たちの家族エリアはそこまでの豪華さはなく、調度品も装飾も上品ながら華美にならない程度に並べられているだけだった。

とはいえ、わが男爵家とは雲泥の差ではあるが。

このくらいであればこの前ほど粗相をしてはならないと極度の緊張をすることもなさそうだ。幾分安心しながらアメリアの部屋までたどり着くと、私は扉を叩くべく手をあげ

――そして止まった。

足元にうごめく何かを見つけてしまったからだ。

それも一つ二つではない。黒っぽくて、長かったり丸かったり、イガイガしていたりと様々な形をしていて、ひとつ残らずもぞもぞと奇妙な動きをしている。

私は自分の頬が一気に持ち上がったことに気が付いた。扉を叩こうと持ち上げていた手

が即座に足元に向かう。そして落ちている物体の一つを顔の高さまで持ち上げた。

「……虫！　あ、こっちはまだ幼虫！」

うわあ、と思わず歓声が漏れた。思わず廊下にしゃがみ込み、落ちている虫たちを両手で掬い上げる。

「何の幼虫かしら。季節的には蛾だと思うけれど、色味がくすんでるし栄養が足りてないのかしら。ああ、こっちはこんなに大きなムカデ……珍しい……でもちょっと弱ってる？　あ！　あなた、コオロギ？　どうしたの、後ろ足が一本なくなってるじゃない。ずいぶんと大柄ね。これじゃ飛べないでしょうに。やだ、このお屋敷の庭って、こんなに大きく虫が育つの？　やったぁ」

うれしい、うれしい。街中じゃこんなにたくさんの虫に出会うことが少なくて、研究を続けるときに観察対象を探すのに苦労していたのがうそのようだ。なんでこんなところに落ちているのかというのはもはや頭の中からどこか遠くへ飛んで行ってしまっている。

「やだもう、ちょっと箱持ってくればよかった。どうしよう、ちょっとあんたたち動かないで。いい子に待っててよ」

言って聞かせて分かる相手ではないということは十分承知の上で、でも浮き足だった気持ちのまま虫たちに話しかけていると、ぎいっと何かが軋む音がした。音にハッとして口を噤み、顔を上げるとそこには薄く開いた扉の影から覗いているアメリアがいる。

時間になったのにやってこない私を心配したのか、それとも私の狂喜する声が聞こえたのか。しまった、と思うがもう遅い。恐る恐るといった風に扉からこちらを見ていたアメリアが、ゆっくり目線を下ろして固まってしまった。

「あ！」

しまった。

私は慌てて手に持った虫たちの上にノートをかぶせた。若い少女にこんな大きな虫たちを見せるものではない、ということを大学時代にいやというほど経験したからだ。卒業研究に明け暮れていた際、飼育していた虫が同期の女子学生に見つかり大騒ぎになったのはまだ記憶に新しい。

学生でさえそうだったのだから、深窓の令嬢であるアメリアがこれを見たらどんなことになってしまうだろうか。背中に冷たいものが走る。

しかしだ。

アメリアは目を丸くしながら扉の外に出てきて私と同じようにしゃがみ込み、かぶせたノートに手を伸ばした。

「あ、アメリア様、それは……！」

「……まあ……」

私の制止より早く、アメリアの手がノートをめくってしまった。来るべき悲鳴に覚悟を決めるが、当のアメリアは目を輝かせて私の手の中を見つめている。そしてあろうことか、中の一匹を白い指で摘まみ上げた。

「エルネスタ先生……この虫は、なんていう虫ですか？」

「……えっと、大まかにいえば、コオロギという種類の昆虫です……」

「すごく、長い脚がありますね。短い脚と、長い脚で六本？」

「……そう、ですね。昆虫なので胸部から三対六本の脚が生えています」

「胸部とは、虫は胸から脚が生えるのですか？　あ、でもそちらの長い体の子は脚がいっぱいありますね」

「そうです……あの」

平気なのですか、と尋ねると、アメリアはきょとんとした顔で小首をかしげた。

「いえ、女性は虫があまりお好きではない方が多いので……」

「先生はお好きじゃないのですか？」

「いいえ、私は好きです」

いや、むしろ大好きだ。彼らの生態にも興味があるし、彼らと人間との関係も興味深い。

野菜や果物を作るためには昆虫が不可欠な半面、周期的に流行する感染症にも昆虫がかかわっている可能性がある。家畜たち同様に人の生活にかかわっていることが分かり始め、研究しがいのある生き物たちだと思っている。

でも一般的な好みではないのは理解しているから、だから高貴な身分のアメリアだってきっとと思ったのに、目の前にいる少女がにっこり笑ってコオロギを見つめていることに驚きを隠せない。

「……アメリア様、もしかして虫はお好きですか？」

「え……あ、はい。でもこんなに近くで、たくさん見せてもらったことがないので珍しくてつい……」

ぽっと頬を赤らめ、アメリアが目を伏せた。長いまつげが彼女の白いなめらかな頬に影を落とす。恥じらいが混じったその可愛らしい姿に倒錯的な何かを感じそうになり、私は頭を振って邪念を追い払った。

「小鳥や猫は近くで見せてもらえることもあります。あと、馬も、馬車から覗くくらいですが。でも、エメルダさんや他の皆さんが虫はすぐに追い払ってしまうので、こんなに近くで見たことがないのです」

「アメリア様は生き物がお好きなんですね」

うれしそうにこくりと頷いた、アメリアはまた私の手の中にいる芋虫やムカデを興味深そうに覗き込んだ。

「その黒っぽい緑色の柔らかそうな虫は蛾の幼虫です。ランプに寄って来る蝶のように羽が大きい虫をご覧になったことはありますか？」

「はい。でもこの虫は羽がありません」

「蝶や蛾という虫は、子どものときはこういった形をしているんです。成長して時期が来ると羽が生えたあの形になります」

ぱあっとアメリアの顔が輝いた。なるほど、こういったことに興味があるのか。初回の授業の内容は初等学校で学ぶ歴史や数学を、と考えていたけれどこのまま生物の授業を続けてしまうことにしよう。

芋虫を人差し指でそうっと撫でたアメリアは、続けてその隣のムカデを指さした。

「では、こちらの足がいっぱいある虫は……」

「触らないでくださいね。そちらはムカデと言って、噛まれると大変です」

「噛むんですか？」

一瞬ぎょっとしたように指を引っ込めたアメリアだが、かといっておびえた様子もなくまじまじとムカデを覗き込んだ。

「ムカデは肉食で小さな虫や小型の動物を食べてしまうんです。とても強力な顎を持っているので、噛まれたらケガをしますし毒を持っているのでうかつに触れてはいけません」

「……まあ。先生は大丈夫なのですか？」

「手のひらに載せている分には大丈夫ですよ。つまむと怒って噛むことがあるので気をつけてください」

「足がたくさんあるということは、これは地面の上を歩く虫なのですね。だから平らにしている手の上なら、地面と思って噛まないということでしょうか」

「そうですね。上から触ろうとすると頭を持ち上げて威嚇することがありますよ」

ほうとアメリアはため息のように長い息を吐きながらムカデを見つめ、そしてまたその隣の大ぶりな芋虫を指先で撫で始めた。余程生き物に興味があるのだろう。確かにこんな都会に屋敷を構える高貴な貴族のご令嬢であれば、家の中で虫が出ても使用人たちがそそくさと片付けてしまうし実物を見る機会もない。田舎育ちの私でさえ、屋敷に虫が出たらハンナや厩番が履物で手早くつぶしてしまうのを何度も見ている。

でもそこではたと気が付いた。

なんでアメリアの部屋の前で、こんな大きく育った虫たちが、しかも基本的に嫌われ者と言われる種類の子たちがたくさん落ちていたのだろう。本来一か所にいるはずのない組み合わせもある。

つまり、と私はあたりを見回した。これらは誰かがわざと、私がここに来ることを想定してばら撒かれた虫たちなんだろう。私が大量の虫を見て悲鳴を上げて逃げると思った、誰かの嫌がらせなのではないだろうか。

第一に思いつくのはフィデルだ。私がこの時間にここにやってくることを知っているうえに、一応男性だし虫を集めてばらまくくらいのことは簡単にやりそうだ。昨日までに部屋の準備をしていなかったのも故意のようだし、余程私が気に入らないと見える。

犯人がフィデルだったら、いやそうでなかったとしても残念だったわね、思い通りにならなくて。

「さあ、アメリア様。お部屋に入りましょう。今日は虫の身体の観察と、虫にかかわるちょっとしたお話からにしましょうか」

「はい！」

アメリアは頬を赤らめながらも元気に返事をした。

公爵家令嬢とともに入った部屋は、もともとは書斎だったのだろうか。壁一面に作りつけられた本棚と、窓辺に面した簡素ながらも天板が広くて使いやすそうな机が印象的だった。本棚にはかつてぎっしり本が詰め込まれていたんだろう。すっかり日焼けしてしまっている柱と比べて、ぽっかりと空いたいくつかの棚の奥はまだ木目もしっかり見えるほどに無垢な色のままだ。

すうっと息を吸い込むと古い紙の香りで胸がいっぱいになる。どんな香水より今の私にとってはいい香りだ。

机のところまで案内してくれたアメリアは、ここが亡き母上のお気に入りの部屋だったと教えてくれた。

「お母さまは私が幼い時分に亡くなってしまってあまり共に過ごした記憶がないのですが、とても本がお好きだったとお兄様がおっしゃっていました」

「そうでしたか。どおりで、少し古い本もあるようですけれど、とてもきれいに保管されていますね。いい本棚、いいお部屋です」

「あまりにも古すぎる図鑑や辞典はお兄様が片付けてしまって、ちょっと寂しい本棚なのですが……」

「これからはアメリア様のお好きな本や、新しい図鑑なども入れていきましょう。じきに片付けるところがなくなってしまうかも」

冗談めかして言うと、アメリアはくすくすと肩を揺らして笑った。私は手に持ったままの虫たちを大きな机の上に並べた。

もともと弱っていたのか、それとも手のひらの温度のせいか、どの虫も動きが鈍い。観察するにはちょうどいいけれど、このままではすぐに死んでしまうかもしれない。もっと早く紙で箱でも作ってその中に入れておけばよかったか。

さてどうしたものか、とアメリアを振り返ると少女も虫たちの動きが良くないのが分かったのだろう。ちょっと心配そうに見つめ、そして私に視線を向けた。

「先生、この子たちはもう逃がしてあげましょう」

思いもかけないほどきっぱりとした提案だった。

「いいのですか？」

「はい。実物をこんなに近くで見られてとても興味深かったです。でも、本棚には虫の図鑑もありますし、それを見ながら先生にお話を伺うこともできます」

「でも、外に逃がしても足がなかったり弱っていたりですぐ死んでしまうかもしれませんよ？」

「あ……でも……」

一瞬躊躇ったアメリアだったが、すぐさま真剣なまなざしで虫たちを見つめる。そして、やっぱり逃がしてあげましょう、とつぶやくように言った。

「たとえ死んでしまうとしても、自分たちの家や土の上の方がきっと……」

私は頷いて虫たちをノートの端に乗せた。意図を察したのか、アメリアは机に身を乗り出し窓を開ける。風とともにふわりと流れ込んできたのは、爽やかな新緑の木々の香りだった。窓の隙間からそっとノートを傾け、虫たちを地面に落とした。

「彼らが生きられるかどうかは分かりません。しかし、私はアメリア様のお優しいお気持ちを嬉しく思います」

照れくさそうに笑ったアメリアは、本棚の下の方から大きな図鑑を取り出した。最新版とまではいかないが、それなりに新しそうな図鑑である。

それから私達はしばらくの間、図鑑を眺めながら逃がした虫やその近縁種の説明を読みあった。

今日のところはまずアメリアとの距離を縮めることが目的だったのだが、もうほとんどそれは達成されたと言っていいだろう。まさかこんな風に虫談義から話が弾むとは思わなかった。

「そういえば、先生は大学で虫が病気を伝える可能性について研究されていたとか……」

小さな羽虫のページを見ていると、ふと思いついたようにアメリアが尋ねてきた。奇しくもそのページに載っている虫は人間や動物の血を吸うタイプの虫である。近年、これらが感染症を媒介するという可能性が示唆され、研究者によって少しずつ解明が進んでいる分野だ。

「よくご存じでしたね。ご興味がおありですか？」

頷きながらアメリアを見れば、それまで興味深そうに輝いていた表情が少し陰っている。

「……お母さまも、お父様も、流行病で亡くなったので……。その、私、病気を治す薬を作れるような、そんな勉強をしたくて……」

消え入るようなほど小さな声で告げられたそれに、私の胸がぎゅっと締め付けられた。

「ただ、私はこのように公爵家に生まれてしまい、将来、そういったお仕事ができるわけでもないと思うのです。けれど、病気に苦しむ人を少なくするための勉強には、その、興味が……」

ご立派です。

そう言ってあげたかったのに、胸が詰まってうまく言葉が出てこない。話す代わりに私は少女の肩をそうっと抱きしめた。馴れ馴れしいと叱られるかもしれない、不敬であると罰せられるかもしれない。けど、そうせざるを得ないほどに、わずか十一歳の少女の言葉が重かった。

「先生？」

急に抱きついた私にアメリアが心配そうに手を添えてくれる。なんて優しい子なんだろう。鼻の奥がつんとしそうになって、私は慌てて笑顔を作って体を離した。

「ご立派です、アメリア様。微力ながら私もお手伝いいたします。理科や数学といった分野はこれから科学技術が発達する社会では絶対必要になる学問です。女性であっても、学んでおけばきっと役に立ちますし、将来の夢がおありでしたらぜひその道に――」

お進みください、と続けた私の言葉は外から扉を叩く音にかき消された。ドンドンドンという、上品とは言い難い音が数回続いたかと思うと、名乗りもせず用件も言わないまま扉が開けられる。そして現れた女性は私を見てまあと大きな声をだした。

「お嬢様！　お作法の時間ですよ！」

転びそうな勢いでワゴンを押しながら大股で駆け寄ってきた女性は、私を認めないと言っていたエメルダだ。ワゴンの上はなんだ、お茶の道具か。公爵家のお高い茶器をあんなに乱暴に運んで、と私の喉がきゅっと締まる。

もし割ってしまったらどうするんだ。いったいいくらになるか、と想像もしたくない。

「貴女、お嬢様にいったい何を見せているんです！」

机の近くまでやってきて私達が開いていた図鑑を見たエメルダは、血相を変えて本を閉じた。襟足のおくれ毛がわずかに逆立っているところを見ると、どうやら彼女は虫がお嫌いらしい。ということは、あの嫌がらせもどきはやはりフィデルか。

しかし本を乱暴に取り扱われてはたまらない。おまけにこれはアメリアの大切なお母上の本である。投げつけられてしまう前に私は図鑑を胸に抱え、エメルダに向かって頭を下げた。

「授業の一環です。アメリア様と昆虫についてお話をしておりました」

「知らないお話ばかりで大変おもしろかったです、エメルダさんもご一緒にいかがです？」

先ほどまでの少し曇った顔つきを一変させ、姿勢を正したアメリアはにこやかに微笑んだ。ただ、あの花が咲いたような笑みではない気がする。先日の面談の時や、ついさっき虫をつまみ上げた時とはどこが違う。付き合いが浅すぎて、まだどこが違うとは言い切れないんだけれど。

しかしさすがにお屋敷のお嬢様だ。乳母兼メイド頭という、言ってみれば頭が上がらない相手に対しても私に接している時より幾分大人っぽく、はきはきと話すじゃないか。虫が苦手そうなエメルダはちょっと怯んだように言葉に詰まっている。

内気で人見知りというだけではないアメリアの一面を垣間見て、なんだか少し感動してしまった私は机の上に再び図鑑を広げた。

「これからの季節、蝶などはお庭にたくさんやってくるでしょうね」

「結構です。そちらの本はお片付けなさい」

親切心でそれまで見ていたムカデや蜘蛛ではなくきれいな蝶のページを開いたというのに、エメルダはそれすら見たくもないといった風に拒絶した。しっしと手を振り、私を机から遠ざけようとする様子にアメリアは眉をひそめる。

「エメルダさん、お兄様から聞いていませんか？　今日から午前と午後に二時間ずつエルネスタ先生の授業が――」

「お嬢様の教育に関してはあたくしの裁量で行います、本日はこれよりお作法のお時間にしましょう」

「エメルダさん！」

「お作法です」

有無を言わさぬ迫力だ。あからさまに眉間のしわを深くして怒った表情を見せれば、アメリアもそれ以上反論できない。

そりゃアメリアは身分の高いお姫様だ。社交界でうまくやるためにはしっかりとした礼儀作法が必須だと思う。これは一朝一夕で身に付くものではないので、繰り返し体に叩き込まなくてはいけない。かくいう私も、前世では聖女候補生として修道院で修行しているときは、実際に王家の方や身分の高い方にお会いするとも限らないのにしっかりと仕込まれた。貴族とはいえ田舎育ちの私にとっては、堅苦しいと思ったものだ。

しかし彼女はもともと公爵家の令嬢としての立ち居振る舞いを弁えているように見える。今更授業の時間を削ってまで練習をする必要があるかといえば疑問だ。

アメリアは勉強したいって言っていた。緊張で顔を真っ赤にしながらも、自分の意思をはっきりと私に伝えてくれた。そして今だって好きなものと、そして将来の夢を教えてくれた。虫を見てあれこれ質問をしてくるほどに探求心だってある。こちらの話を聞いて、理屈や背景を理解する力もある。

淑女教育ももちろん必要だけれど、勉強だってこの先の世界では大切だと思う。学校に行けなくても学びたいという彼女の意思を無視するなんて権限、誰にだってないはずじゃないか。ついでに言えば公爵から正式に依頼されている私の仕事時間を奪われるいわれもない。破格の給料分にはどうしたって届かないだろうけれど、だからこそ仕事はしっかり果たしたい。

しぶしぶといった風に少女が椅子に座ると、エメルダは大きな机にガチャガチャと音を立てながら茶器を並べだした。

「この机でやるのですか？　お茶の作法であれば、テーブルがあるお部屋で……」

「ここでやるんですよ。時間がもったいない」

エメルダはぞんざいに返事をすると、一枚板の天板の上を拭きもしないまま次々に皿やポットを置いていく。

昨日の離れほどには埃も積もっていないし、比較的きれいに保たれている書斎だけれどその机はさっきまで本を置いていたり虫を置いていたりした机だ。一応拭いておいた方が、と私がワゴンの布巾に手を伸ばすと、エメルダはその手をぴしゃりと払ってきた。

「邪魔するんじゃないよ」

「いえ、邪魔をしたかったのではなく、ちょっと拭いた方が良いのではと」

「はあ？」

忌々しそうなエメルダだったが、拭くのを忘れていたのを思い出したのだろう。軽く舌打ちをするとワゴンにかけてあった布巾をポイッと投げて寄こした。お前が拭け、ということか。お嬢様の前で物を投げて寄こすなど、信じられない態度だ。落とさないように空中でそれを掴み、ぐしゃぐしゃなのを畳み直すために広げた私だったが、手元で布巾に目を落として息を飲んだ。

「……！」

厚手の麻布でできた布巾は所々が真っ黒に変色しているばかりか、水洗いすらされていない様子の汚れやごみが付着していたのだ。お世辞にも清潔とは言い難く、まるで昨日の掃除で借りた雑巾みたいなにおいもする。

「こ、これ、洗ってないのでは？」

思わず布巾を広げたままエメルダを振り返ると、質問が気に障ったらしく怪訝な顔をした彼女の眉が勢いよく跳ね上がった。

「どうせ拭いたら汚れるんだよ！　汚れてない面を使ってお拭き！」

「いや、でもこれは明らかに不衛生ですよ。こんなので拭いたってちっともきれいになりませんし、逆に机の方も汚れてしまいます」

「では拭かなければいいわ」

ええ、と思った私の顔は、きっと貴族の娘らしからぬ状態に歪んでいただろう。アメリアは私の顔を見て目を丸くすると、机とエメルダとに視線を行ったり来たりさせていた。

メイド頭という、いわば屋敷の内向きのことを管理するべき立場の人間がこれか。この屋敷の衛生管理はどうなっているのだろう。割と大雑把なところがあるハンナでさえ、食卓の上や食器についてはきれいに整えていたのに。

なんか変だな、という違和感に私は首を傾げた。

先日、公爵の招きに応じて応接室に通されたときは、屋敷の大きさや調度品の豪華さに圧倒されたのはもちろんのこと、食器も高級品で驚かされた。緊張のあまり口を付けることはできなかったけれどどの食器もちゃんと手入れがされていたはずだし、さすが公爵家と思うほどに使用人たちに教育が行き届いているように見えた。

お客を招くエリアと、自宅エリアでは使う食器も違うし、手入れもそこまで気を張る必要がないということなんだろうか。それにしてもあまり衛生的とは言えない。

意識の違いに困惑しながらも、一応は手伝うことにした私はワゴンの上に手を伸ばした。

茶器とともにワゴンに載っていた物のなかにはジャムが添えられた小さなパンや焼き菓子の他、野菜の盛り合わせのようなものがある。テーブルに華を添える緑の飾り、のようではない。私はその青い葉野菜がたっぷりと盛り付けられているボウルを指さした。

「あ、これ食べるためのものですか？　飾りではなく？」

「あら貴女、大学を出ているというのにサラダをご存じないの？」

「はい？」

「あらあら、教養があると言っても、やはり頭でっかちで世間知らずですこと」

エメルダは私が発した疑問の言葉を、「これが何だか分からないから」と判断したようだった。途端に丁寧な、それでいてこちらを小馬鹿にしたような言葉遣いに変わりくすくすと肩を揺らした。

「近頃はね、王都ではこのように青い葉野菜を煮ずにそのまま食べることが流行してるんですのよ。なんでも、自然のままに食べることで肌やおなかによい栄養を余さず入れることができるんですって。最近はお嬢様も体調を崩されることが多いので、今日からは夕食にも出しますからね」

ほほほ、と上品ぶって笑うエメルダはサラダを小皿に取り分けた。やっぱり食べるものらしい。いやいや、と私は首を振った。

「それ、食べない方がいいですよ」

「……は？」

私の指摘にエメルダの声が一段階低くなる。一瞬で上品ぶった笑顔が消え、眉間に深いしわが寄った。

とはいえ、ここはちゃんと教えてあげるべきだろう。近年、確かに野菜を生で食べるという流行ができあがっているが、それはちゃんと下処理をしている野菜に限ってそのような食べ方ができるというだけなのだ。

取り分けられた葉野菜は色こそ青々としているものの、ところどころに土のような茶色い粒が付着している。しかも窓から差し込む光の加減で、葉の裏側にはきらきらとした線のようなものが見えた。どの野菜も鮮度が良いとは言い難く、皿からはみ出た部分がくたびれたように垂れ下がっている。見るからに下処理不足、鮮度不足といえた。

「もの知らずの小娘は黙ってらっしゃい……？」

「いえ、私もサラダというものは存じています。生で食べることで体に良い影響があることも知っています。でもそれはすべて清潔で新鮮な野菜でなければいけないんです。ここにある野菜はそうやって食べるには少し古くなってしまっているようですし、ちゃんと洗えてないみたいですし」

まさかサラダを知っていて反論されるとは思っていなかったのか、エメルダは顔を真っ赤にしてぷるぷると拳を震わせている。

「あ、えっと、でもせっかくなので、ちゃんと洗って茹でてお夕食に使ってもらいましょう。火を通せば大丈夫ですよ」

捨ててしまうにはもったいない、と提案をするがそれでもエメルダの表情は変わらない。

椅子に腰かけたままだったアメリアが机の上の小皿を覗き込んだ。

「サラダは近頃エメルダさんが朝食で良く出してくれるので食べていますが、食べてはいけないというのはどういうことですか？」

「高確率でおなかを壊します。あと、最悪の場合は高熱が続いて死んでしまうという例もあります」

ええ、とアメリアの目が見開かれた。そして自分のおなかに手を当てて、さするような仕草をする。

「あの、本当にここひと月ほどですがお腹が痛いことが多い日が続きました……季節の変わり目ですしそのせいかと思っていました……だからちゃんと食べないといけないとは思っていたのですが」

「あー、えっと、では食べないでください……いえ、サラダがだめなのではないのですが」

　ぽかんとしているアメリアに、私は小皿に入った野菜の葉を一つつまんでひっくり返して見せた。

「見てください。土がついていますね？　畑の土にはとても小さな虫が住んでいて、野菜に目に見えないほど小さな卵を産むことがあります。野菜を洗わずに卵を食べてしまうと、人の体の中で虫が孵化して病気になってしまうんです」

「まあ……！」

「あと、裏を見るとキラキラしたものが付いていますね？　これ。蛞蝓か蝸牛《かたつむり》の粘液です。これも洗わずに食べてしまうと熱を出したり、腹痛を起こしたり、悪くすると目が見えなくなったりします。」

「聞いたことがあります。寄生虫、というものですね」

　病気の可能性を説明するとアメリアは顔色をなくして野菜から顔を離した。賢い子だ。

私は頷いて見せたが、エメルダの方はまだ納得がいかないらしく両手で机を叩いた。

「そんなの聞いたことがないよ！　今までだって生で野菜を食べる料理があったじゃないか！」

「生で食べた場合に重い病気にかかる可能性が高いと、最近の研究で改めて分かってきたんです」

「城勤めをしている友人に聞いたんだ。城で出される料理がそんな、体に悪いわけがないじゃないか！」

「丁寧に洗って泥や虫が付いていないことを確認し、適切に扱えば生でも食べられる、ということです。お城の調理場であれば食材の管理もきちんとされているでしょう。でもこのお屋敷の、特に使用人エリアの衛生状況とこの食生活では、遅かれ早かれ病人が出ます」

「何を根拠に！」

激昂したエメルダに、私はさっき放られた布巾を広げて見せた。

「テーブル用、食器用、そのほか用、と布巾は用途を分けていますか？　昨日皆さんにお会いした厨房も、埃やごみが溜まっていました。あれでは食器や料理にゴミが混ざってしまいますし、ネズミが入ってノミやダニが繁殖してしまいますよ」

ネズミやノミ、ダニといったものは様々な病気を媒介する。流行病というのはこいつらが原因で引き起こされることもある。父母を病で亡くしたというアメリアは、はっとしたように口元に手を当てた。

「でも埃なんかはそんなに昔からのものではなさそうですし、食材も今言ったことに注意してよく洗っていけば大丈夫です。今日から少しずつ気を付けて掃除などを徹底していくとよいと思いますよ。大きな病気をする人が出てからでは遅いですから」

ね、と同意を求めるがエメルダは返事もせずにこちらを睨みつけてきた。単に大雑把なだけであればこれから少し意識をして、他の使用人たちに気を付けるよう声をかけてくれるだけで良いのだけれど、私のそんな意図は伝わっていないらしい。完全に自分が責められたと感じさせてしまったのかもしれない。

ええっと、と別の言い回しはないか頭の中の語彙を探してみるが、それをうまく繋げる前にエメルダが両手で机を叩き始めてしまった。癇癪を起しているかのような様に、アメリアは怯えたように首を縮める。そしておずおずといった風に口を開いた。

「近頃、おなかの具合が悪かったり少し熱っぽかったのがサラダのせいかどうかは分かりませんが、掃除や食材のことについて目が行き届いていない理由は分かります。おそらく、三カ月ほど前からでしょう」

「お嬢様！」

顔を上げたエメルダから鋭い声が飛ぶ。心なしか焦っているように聞こえるが、表情は険しいままだ。アメリアは静かに首を振って私を見上げた。

「お母さまが亡くなってからずっと屋敷の内向きのことを取り仕切っていた、グラッド夫人が冬の半ばから体調を崩されてお休みをしているのです」

グラッドさんというのは確か、公爵の執事だったか家令だったかの人のはずだ。その夫人、と聞いて昨日の公爵とフィデルの会話が蘇る。私の雇用の件で話を通したといっていたっけ。つまりグラッド夫人とやらがこの家の正式なメイド頭ということか。

「エメルダさんはグラッド夫人がお休みの間、代理でメイド頭としてお仕事をしてくださっているのです。でも、慣れないお仕事のせいでしょうか、ちょっと困ってしまうことも続いていて……」

語尾を濁したアメリアが目を伏せる。言葉にはしないけれど、きっと生活するうえでの不都合がいくつか、いや結構な頻度で発生していたのだろう。エメルダの名誉を損なわないための配慮が感じられる。慎み深い彼女の様子に感心していると、部屋の外からどたどたと足音が近づいてきた。そして扉の前で何事か言い合っている様子が聞こえる。

「本当なのか？」

「お疑いならご自身でお確かめください。いくら閣下のご命令でも、仕事をすっぽかすような女性は閣下にはふさわしくないと思いますがね」

「ふさわしいとかふさわしくないとか、何の話だ」

「私は前からずっと言ってますよ。どうせお近くに置くならもっと家柄のいい女性を――」

「だから何の話をしてるんだ。おい、アメリア、アメリアはいるか？」

扉を叩く音に交じって聞こえるのは公爵の声だ。しかし反射的に扉へ向かった私よりも早く、エメルダが走っていく。そして扉を開けるなり、エメルダは公爵の胸に縋り付いた。

「坊ちゃま！　坊ちゃま！」

「え、エメルダ？　急にどうしたんだ。アメリアは……あれ？　ヴィックラー嬢？」

「こちらにおりますが」

胸にまとわりついているエメルダの背を叩きながら顔を上げた公爵は、私と目が合うと驚いた様子で動きを止めた。傍らに立っていたフィデルも同様だ。信じられないものを見たかのように、目を見開いている。

「どういうことだ、フィデル。彼女は授業に来ていないと」

「え……？　えっと、いらっしゃいました、ね。おっかしいなぁ」

「指定されたお時間ちょうどにお伺いしておりますが」

「それはよかった。どうやら私の勘違いだったようで。いやあ、よかったよかった」

私がフィデルをじっと見つめると、公爵の忠犬はわざとらしく微笑んだ。

しかしそんなことよりもエメルダだ。メイド頭は公爵のシャツを掴んで大げさに泣きながら私を指さした。

「坊ちゃま！　あの小娘を今すぐ追い出してください！　あの子、このあたくしを散々侮辱して、ひどい言葉を……！」

さっきまでの剣幕はどこに行ったのだろう。おんおんと声を上げて泣きじゃくり、嗚咽の合間に私を指さし糾弾しようとするエメルダにはあきれるばかりだ。

「ぶ、侮辱とは何を」

「ひどい言葉で！　あたくしのことを役立たずと！　こんなに坊ちゃまやお嬢様にお尽くししておりますのに！」

「いや、だから一体なにがあったというんだ。それになんで机に茶の用意がしてある？」

「エメルダさんが、これからお作法の練習をするとおっしゃって並べられたんですが……」

「午前中は君がアメリアに授業をする時間だろう。しかもなんだ、そのしなびた葉は」

いや、まあそうなんだけれど。

公爵も話が見えないようで、困惑した表情のまま胸に縋り付くエメルダと、室内にいるアメリアとに視線をうろうろさせている。毅然とした態度に出られないのは、乳母だったというエメルダに遠慮しているせいだろうか。困ったな、どう説明しようかな、と私が隣に立つアメリアと顔を見合わせた時だ。

「エメルダ。貴女、いい加減になさい。ご当主様を困らせるなんて使用人として恥ずかしくはないの？」

ぴしっとしたメリハリのある声がしたかと思うと、公爵の後ろから一組の男女が姿を現したのだ。男性の方は見覚えがあるグレイヘア。執事のグラッドさんだ。ということは、女性の方は夫人だろうか。深い紺色のスカートにオリーブ色のジャケットを着てしゃんと伸ばした背筋が上品な雰囲気を醸し出しているが、物騒なことに両手が腰に当てられている。

泣きじゃくっていたエメルダは女性を見ると、ひっと一声あげて固まってしまった。そんなエメルダに対して女性は眉をひそめてため息を吐く。グラッドさんはエメルダの手を公爵から引き剝がした。

「お嬢様の家庭教師の先生と顔合わせをするからと、坊ちゃまに連れてこられてみれば一体何の騒ぎを起こしているんです？　しかもちょっと目を離している間に、ご当主のご一家が住む大切な屋敷のあちこちが埃だらけではないの。貴女、ちゃんとみんなに指示を出せていなかったのではなくて？」

女性の厳しい声音にエメルダの顔は真っ青になっている。直接指摘されているわけでもないのに、私までどきどきと胸が苦しくなってしまう。恥ずかしい恥ずかしいと繰り返す女性はそのまま室内に入ってくると、ワゴンの中を見てまた眉を吊り上げた。

「これはいったいどういうことなのです。貴女、まさか厨房にもこんな布巾を置きっぱなしにさせているのじゃないでしょうね。こんなものを恥ずかし気もなくお嬢様の前に出すなんて、自ら仕事ができませんと言っているようなものじゃないの」

「こ、これは！　あの、洗濯係が怠けて――」

「人のせいにしないの！　たとえそうであっても、それを何のためらいもなくこちらのエリアに持ってくるなんて、どういう神経をしているのかと言っているんです！　貴女は使用人をちゃんと指導して監督する地位にいるのですよ！」

とうとう堪忍袋の緒が切れたのだろう。がつんと女性が雷を落とすと、エメルダはその場に崩れ落ちた。女性の迫力はすさまじく、その場にいた全員が首を竦めたのは言うまでもない。なんと公爵はもちろんのこと、おそらく夫であるはずのグラッドさんまで一瞬ぴたりと動きを止めてしまっていた。

「しかも何なのですか。お嬢様のお勉強の時間に図々しく割り込んで、貴女がお作法を教えると？　いったい誰がそれを貴女にやれと言ったんです？　年齢だけを重ねていまだにきちんとしたお辞儀の一つもできない貴女に、お嬢様を教えられるわけがないでしょう。

身の程を弁えなさい」

女性が、坊ちゃま、と公爵を振り返った。

「わたくしごとで長らくご不便をおかけしておりましたこと、お詫び申し上げます。本日よりまた仕事に戻りますわ。つきましてはエメルダの処遇ですが、お許しいただければ一から鍛え直すために掃除係からやり直させたいと思います。いかがでしょう」

「そ、そんな！　グラッド夫人、あたくしが掃除係なんて、そんな仕事！」

「お黙り、エメルダ。解雇されるのとどちらが良いか、自身の仕事ぶりと照らし合わせてよくお考えなさい」

ぴしゃりと言い放った夫人に、エメルダはぐっと言葉を飲み込んだようだ。彼女の年齢を考えれば、クビになるのと下働きだろうが公爵の屋敷に務めるのとではどちらが良いかなど分かり切っている。粗相をしたエメルダを解雇して恨みを買うより、という計算もあるかもしれない。長年公爵家の中を取り仕切っているという経験は伊達ではないということだろう。一から鍛えなおすって、逆にすごく優しい対応だ。

公爵は夫人の提案に首を縦に振ることで応えた。つまり、これでエメルダの処遇が決まったということである。茫然としてへたり込んでいるエメルダの腕を取ると、公爵はそれを傍らに立つフィデルに預ける。公爵の忠犬は一瞬たじろいだが、主に顎をしゃくられると黙ってうなずきエメルダを連れて奥へと去って行った。

「グラッド夫人！　お体の具合はいいのですか？」

二人の背中を見送ると、いち早く立ち直ったアメリアが華やいだ声を上げた。するとそれまで怖い顔をしていた女性の顔が緩んだ。

「ご心配おかけしました、お嬢様。お元気でいらっしゃいましたか？」

「ええ、とっても。夫人もお顔の色が戻っていらっしゃいますね。よかった」

「まあ、ありがとうございます」

まるで孫に会ったおばあ様のようにアメリアを抱きしめ再会を喜ぶと、グラッド夫人はおもむろに私を振り返った。

「貴女がお嬢様の家庭教師の先生ですね」

「ご挨拶が遅れて申し訳ございません。エルネスタ・エマ・ヴィックラーです」

私が改めて膝を曲げ会釈をすると、グラッド夫人もそれに応じるように膝を曲げた。お体の具合が悪かったというが、動きにはまったくぶれるところもなくお手本のように上品なお辞儀である。

「坊ちゃまや夫からお話は伺っております。女性ながら王立大学を首席でご卒業されたとか。このたびはお嬢様の家庭教師をお受けくださりありがとうございます。使用人一同、貴女のような才女お迎えできたことをうれしく思っておりますわ。是非、お嬢様に良い学びを体験させてあげてくださいませ」

「そんな、とんでもございません。こちらこそ、新たにお仕事をいただけて大変ありがたく思っております」

「先生は文官を目指して大学にいらっしゃったと聞いて、頼もしいことと思っておりましたの。これからの若い人はそうでなくっちゃ。私ももう少し若ければ、お嬢様とご一緒させていただいてお話を聞かせてもらいますのに」

「まあ。グラッド夫人も図鑑で勉強を？」

「それはいい。では夫人には眼鏡を新調しなきゃならないかな？」

おどけたように公爵が言うと、グラッド夫人とアメリアは顔を見合わせてふふっと笑った。

本など読まずに刺しゅうやダンスの練習をしなさい、と言いがちなこの年齢の女性にしては珍しい。実家の母より年上だろうけれど、女性が勉強をすることや社会に出ることに対して肯定的な考えを持っているようだ。

アメリアの傍には公爵のほかにソフィという侍女やこのグラッド夫人のように理解ある人たちがいてくれるのだと思うと、なんとも心強いじゃないか。昨日の朝に屋敷の使用人たちに紹介された時は、みんなおどおどしていたりつんけんしていたりしてどうなることかと思ったけれど、案外うまくいくかもしれない。

私は笑い合う公爵家の兄妹を見ながら、ひとまずほっと胸をなでおろしたのだった。

増える賞与

「ヴィックラー嬢、食事を一緒にしないか」

と、公爵に言われたのは雇用されてから一週間ほどが経ってからのことだった。

エメルダの更迭とグラッド夫人の復帰で屋敷の中が少し落ち着きを取り戻し、各々の使用人は仕事に集中できるようになっていた。母屋だけでなく使用人エリアの厨房もきれいに整えられ、食材は丁寧に洗われて調理されてきて、私としても一安心だ。食事や衛生状況の影響をもっとも受けるのが屋敷の中で唯一の「子ども」であるアメリアだったから。

大人たちにはある程度の抵抗力があることが当たり前だけれど、子どもはまだあらゆる流行病や食あたりで死んでしまうこともある。屋敷の衛生状況が向上することは、アメリアの命を守ることでもある。それを力説するとグラッド夫人は鬱陶しがることもなく親身になって話を聞いてくれ、近頃体調が思わしくなかったというアメリアの食事は体に優しいものを揃えるように請け負ってくれた。夫人をはじめ使用人の女性たちが、私の大学で学んだことや研究したことに一目置いてくれたのがこの屋敷にきて一番の収穫だったかもしれない。だってハンナなんかは、私が何か言うとすぐにお嬢様は神経質だ、なんて言っていたのだから。

ちょっとした充足感を得られる数日間を過ごし、午前二時間の授業が終わり部屋に下がろうとしたところで、ちょうど帰宅した公爵と鉢合わせた際のお誘いに私は首を傾げた。

「お食事、ですか？」

「そう。エメルダの件で君にもとんだ迷惑をかけてしまったようだからね。ここ数日、慌ただしかったのでゆっくり話す機会もなかったし、この辺でアメリアの状況も確認したいと思っているんだが」

どうかな、とほほ笑む公爵の後ろでは、従僕のフィデルが驚愕の表情で目を見開いていた。そして苦虫を噛み潰したような顔でこちらを睨みつけてくる。肩を怒らせ全身で「断れ」と主張しているのがわかるが、これぱっかりは私のほうから断れるものでもない。

「え、ええ。光栄です。ですが……」

「では今夜」

二の句を告げさせず、当たり前のように今夜を指定される。つまり、一緒に食事をとることは決定となったということだ。こちらが拒否するなんて思ってもいないのか、「では」のあたりでくるりと私に背を見せる。尊大な態度ではあるが、少なくとも前世での頃のように憎々しげに対応されることもなく、こちらに対してずいぶんと配慮している様子がわかる。

今生での公爵と前世で見た公爵。出会い方が異なるせいなのか、二人が同じ人物であると頭の中でつなげられないほどに「違う」ことに頭が混乱しそうだった。私にとっての公爵の記憶は、王子の隣に立ち、呆れたような、あるいは憎悪に満ちた視線をぶつけてくる目つきが全てだ。

当時はなぜあのような扱いをされていたのかさっぱり分からなかったが、今になって思えばもっとも近しい側近を差し置いて身分の低いぽっと出の聖女が王子の傍に侍っていたのが気に入らなかったのかもしれない。現在における公爵の従僕、フィデルのように。

それにしたって話したこともない状態だったというのに、ひどい嫌われようだと思ったものだ。

しかし今の公爵は妹君にも優しく、使用人たちの話を聞くところによると良い主人であると評判だった。妹君の家庭教師となった私に過剰なほどの待遇を示してくれるような、そんな器の広さも持っている。本来の公爵の人柄というのは、こちらが正解なのだろうか。詳しいことは分からないけれど、雇用主と考えればアタリの部類だ。

対するこちらは、とフィデルを見やれば思い切り眉根にしわを寄せていた。何が気に入らないのか、とにかくちまちまと突っかかって来る青年に対して申し訳程度に会釈をすると、フィデルは顔を赤くして回れ右をしたのだった。

気に入らないなら気に入らないで何か言ってくれればこちらも対処しようがあるのに、はっきりとは言わないところが面倒くさい。虫の一件も彼の仕業かどうか、結局のところはっきりしないし。

「……まったくあの主従ときたら……」

今夜の給仕にフィデルが付いたら、食事がおいしくなくなりそうだなぁ。

私は胸の前で教材である本とノートを抱え直し、与えられている離れへと戻った。

午後の授業は語学にして、ちょっと難しい古語の詩について読み方、時代背景などをアメリアに説明した。あまり得意ではない分野だったから説明が滞らないようにと準備を入念にしていたけれど、うまくいったかは少し自信がない。途中から話が歴史方面に傾いてしまったのは、アメリアの質問がそちらに集中していたからだろう。

しかし疲れた。終わって部屋に下がり、ひっ詰めていた髪を解いて眼鏡を外すとようやく一息ついた気分になる。でもまだ今夜はもう一仕事あることを思いだすと、気合を全部抜いてしまうわけにもいかない。

さて夕食まで何をしようと本棚を漁っていると、離れの渡り廊下と居間を隔てる扉の外をこんこんと叩く音がした。

「俺です。ユリウスです。授業が終わったと聞いたので、そろそろ食事をこちらに運ばせる準備をしてもいいだろうか」

「は、はい？」

私は外して卓上に置いておいた眼鏡を掛け、慌てて扉を開けた。いつもの夕食の時間にはかなり早い。そして常ならば食事は母屋の子ども用の食堂でアメリアと食べるのだが、そこへ公爵が交ざるというのではないのだろうか。運ばせるとは？

扉の外には普段着のシャツとスラックス姿のヴォルフザイン公爵が立っていて、飛び出した私を見ると相好を崩した。いつも背後にくっついているフィデルの姿はない。

「やあ、ヴィックラー嬢」

ここはごきげんよう、とでも挨拶をせねばならないところだろう。しかし私は公爵へ膝を曲げることもそこそこに、廊下へ首を伸ばし左右を見渡した。

「こ、公爵様？　あの、食事を運ばせるとは、いったい？」

「連日慣れない屋敷で我々に合わせてもらいっぱなしだろう？　君も相当お疲れじゃないかと思ったのでね。今夜は俺の分と君の分をこちらに運ばせることにした」

「あ、アメリア様は？」

「君を休ませるためと言ってソフィに任せたよ」

「そんなお気遣いいただかなくても結構で」

「我が妹が喜々として君の授業の話をしてくる。よほど本だけではなく人に教えを乞い学べることがうれしいのだろう。妹の大切な家庭教師殿に対する、わずかばかりの礼です」

こちらはれっきとした雇用の関係だ。礼など前金と給与で十分もらっている。やはり一介の家庭教師に対する待遇ではない。

しかし今更こちらから母屋の食堂に伺うと言っても、関わる給仕の皆さんの迷惑になってしまうかもしれない。戸惑っているうちに公爵はずかずかと居間へ入ってきて、机に置きっぱなしになっていた今日の教材を興味深げに眺め始めてしまった。

「これは、アメリアの字ですね。試験？」

「は、はい。一日おきに、前回分の内容の確認に行っています」

「ごく簡単な内容に見えますが、これで妹の何かがわかるのですか？」

「アメリア様は大変聡明でいらっしゃるので、授業の内容はすっと飲み込んでくださいます。しかしそういったお子様は忘れてしまうのも早いもので、知識を定着させるために繰り返し思い出させて差し上げることが重要なのです。そのため、授業内容を思い出すことを中心にした試験にしております。初等学校内容の基本が一通り終わったあたりで、今度は応用や考察が必要な授業を行っていければと思っております」

応用編、特に深い考察が必要なものはおいおいやっていくつもりである。十一歳という年齢の少女には、まず初等学校の一年次、二年次当たりの学習内容をしっかり身に着けてもらう必要があるからだ。

さっと説明をすると、公爵は満足げに頷いた。

「よく考えてくださっている。感謝します。あの子の希望を叶えることができ、俺としても君を迎え入れた甲斐がある」

「恐れ入ります」

本当にこの公爵は妹君を大切に思っているのだろう。ご両親が早世しているので、親代わりであれば当たり前なのかもしれない。

アメリアは公爵家の令嬢だから、無理をして学校へ行き学識を得なくても不都合はない。

しかしこの先何かしらの形で国政にかかわる立場にならないとも限らないから、というのも嘘ではなく、彼女のそういった身分から考えても高等学校程度のことまでは学んでおいて損にはならないのだ。

その学びのために家庭教師を、しかも大学を出た女性という稀な人材をわざわざ確保して囲っておくというのは、公爵家、あるいは王家といった経済力があってのことであろう。妹君への深い愛情の賜物、ともいえる。

実際にアメリアのことを話すときの公爵は、端正な顔をほころばせることが多い。彼女を見つめる目は穏やかで、前世の冷たい視線を寄越していた人と同一人物であるとは信じられないくらいだ。

今もアメリアの学習内容を眺めて目を細めているが、公爵から見てもなかなか満足のいく成績であることは間違いない出来だ。なにせほぼ全ての問題の答えに二重丸がついているのだから。

優秀な妹で、さぞかし鼻が高いに違いない。人見知りが過ぎて学校へ行けないという部分を差し引いても、アメリアは十分に優秀で可憐で、どこへ出しても恥ずかしくない生徒だ。

私は卓上の教材や紙の束を棚へと戻した。明日の授業で、彼女には兄君が褒めていたと伝えてやらねばならないだろう。そういえば公爵は妹君の夢をご存じなのだろうか。

卓上を片付けていると、じきに扉が叩かれ食事が運ばれてきた。一瞬フィデルが給仕だったら困るな、と思ったがやってきたのは年の若い給仕係のメイドだ。二段になったワゴンに食器や鍋を乗せて部屋へ運び入れると、早速卓上をセッティングしてくれる。今日の主菜は羊だろうか。香ばしい脂の焼けたにおいにおなかがきゅうと鳴りそうだ。

手伝おうかとしたところ、丁寧に固辞され早々に椅子に座らされてしまったため、私は公爵の話し相手を務めることになった。既に公爵は果実酒のグラスを傾けていて、私にも赤い液体の入ったグラスを勧めてくる。

お断りすることもできず受け取り一口なめると、甘口ながら後味のほろ苦さが心地よい。アルコール分が濃いのか、ほわっと喉が熱くなるが公爵と席をともにする緊張感をほぐすのにはちょうど良さそうだった。

公爵の質問はやはりアメリアの興味や成績に関することだ。私はこの一週間ほどで感じたことをそのままアメリアの兄君へとお伝えした。

アメリアは十一歳という年齢の割に大人びた容姿をしていたが、中身は年相応の少女で数学や科学といった自然にまつわることに強い興味を持っていた。反面、刺しゅうや詩吟といったものは不得手とまではいかずとも、あまり好んで学びたい分野ではないらしい。乳母だったエメルダに代わって淑女教育を受け持つソフィさんがちょっと困っていたっけ。

部屋の窓を開けていたら入り込んできた蜻蛉《とんぼ》を素手で捕まえ、顔の観察をしていたと聞いたときは驚いた。今度屋敷の庭園にあるという池にいって、蜻蛉の幼生を取ってこようかなんてことも、私の頭の中にはあるけれどこれは内緒だ。令嬢の教育にはふさわしくない、と言われてしまったら困る。

そのほか、牛や馬、山羊といった農業に関わる動物たちにも興味を示したので、純粋に生き物全般が好きなのかもしれない。だとすると厩や牧場へ見学に行ったり、その作業を実際にやってみせたりするのも興味をもってくれそうだ。近年、開発が進んで新商品が販売され始めた顕微鏡などを使うのもいいだろう。

そんな話をしながら時折自分の学生生活の話を織り交ぜて会話をするうちに、いつの間にかすっかり夕食は終わってしまっていた。思いもかけず和やかな時間となったことに内心驚きながら食後のお茶を飲み終えると、公爵は卓を立った。

「とても有意義な時間を過ごせたよ。ありがとう、ヴィックラー嬢。いや、エルネスタ先生」

「い、いいえ！　こちらこそご配慮いただきありがとうございます。大変おいしい夕食でした」

私も公爵に倣って立ち上がり、頭を下げる。すると、耳元でじゃらっという音がした。

「引き続き妹のことをお願いする。こちらは、先日お支払した手付の残金だ。受け取ってくれたまえ」

はっと目を上げると、卓上に形の崩れた小袋が乗せられている。ただの小袋でないことは表面に施された刺しゅうを見れば一目瞭然だった。公爵家の紋章だ。ということはこれは公爵家からの正当な報酬、という意味である。

「こ、こんなにいただけません！」

とっさに大きな声が出た。しかし公爵は意に介した様子もなく、いや、むしろ少し機嫌良さそうに片方の唇を持ち上げている。

「こちらが感謝をして、正当な報酬として支払っているんだ。遠慮なく受け取るといい」

「いけません、公爵様。先日もこちらへ越してくる前に手付をいただいて、それだけでもう十分です。貴族のご子息の家庭教師を務めた学友に尋ねたら、彼女の一か月の給与でさえこの間いただいた手付の半分の額とのことでした」

私はクロエから聞いた話を持ち出した。

「学友がいたのか。それが何か？」

「あれでもう十分です。向こう三か月は暮らせてしまう額に、上乗せなんてとんでもない」

「それは街で宿を取った場合の金額だろう。仕事をしているんだ。君は報酬を受け取る権利があるし、妹が世話になっている俺から君へ礼をするという意味でも受け取ってほしいものだが？」

「住むところも、食事もお世話になっているんです。それだけでも過分な待遇ですから、本当にこれ以上いただけません！」

強引に銀貨が入った袋を押し付けられ、私は思わず怒鳴るようにしてそれを突き返していた。

なんでこの人はこんなにお金を渡したがるのだろう。のらりくらりと理由をつけても断られていると思っていないのか、単に遠慮とみているのかわからないけれど引き下がってくれない。フィデルがいたら「無礼だ」と言われるかもしれないけれど、手に持った袋をぎゅうぎゅうと公爵の胸に押し付ける。

だって本当にこんなにたくさん払ってもらう謂れがない。むしろ大金すぎて恐怖すら感じる金額なのだ。

しかし公爵も譲ろうとはしなかった。片手でまとわりつく馬の顔でも払うように小袋を私の手ごと押し返してくる。

「お願いです、こちらはお持ち帰り下さい……！」

「いや、君への正当な報酬だと言っているだろう」

「本当に不要なんです、どうかお持ち帰りくださ……」

「受け取っておけっ……あ」

お互いに小袋を押しつけ合い、何度目かにお互いの手に力が入った時だった。はっきり言ってやろうと私が顔を上げた時、ちょうど公爵の手が眼鏡の端に当たってしまったらしい。一瞬視界がブレ、カシャンと音がしたかと思うと黒い極太縁の眼鏡が吹っ飛んだ。

「す、すまない！」

女の顔を手で叩いてしまったと思ったのだろう。泡を食った様子の公爵が大きな声を上げる。その間にもからからと乾いた音を立てながら眼鏡はテーブルの下へと転がって行ってしまった。

「怪我はないか？　当たったのは鼻か？　目であれば……」

「大丈夫です、眼鏡だけですから」

公爵が慌てた様子で眼鏡を探そうとするのを手で制し、私は膝をついてしゃがみこみテーブルの下に手を伸ばした。拾って矯めつ眇めつしてみるが、レンズも割れていないし大丈夫だろう。どうせ私の眼鏡なんてただの伊達眼鏡なので壊れたところで何の問題もないし。

「割れていませんし、大丈夫です。長く使っているので弦の部分が少し緩んでいたのかもしれませんね。公爵様のお手にお怪我はありませんでしたか？」

「壊れているようであれば修理に出してくれ。費用は俺がもつ。君の方こそ本当に怪我は――」

手が当たったのは眼鏡の端だけだ。私自身には当たっていない。大丈夫です、と言葉を切って顔を上げようとすると、ざりっという小さな砂を踏む音とともに視界に公爵の黒い靴が飛び込んできた。あれ、と私は動きを止める。

なんだろう、この景色には見覚えがある。

どうした、という声にゆっくりと視線を上に動かしていくと、上から見下ろしている公爵と目が合った。その瞬間、公爵がはっとした表情で息を飲んだ。

上から見つめてくる瞳の奥は、呑み込まれそうなほど深い黒だ。私が思わずその色に見入っていると、公爵は無言で膝をついて顔を近づけてくる。ゆっくりと近づいてくるその瞳の中央で、眼鏡を掛けていない私が間抜けな顔を晒しているのが見えた。銀貨を突き返そうと激しく頭を上げ下げしたせいか、食事前に束ねていたはずの髪もぼさぼさだ。

「ヅィックラー嬢、君は……」

愕然と目を見開いていた公爵は掠れた声で呟いた。

はっとしたのはお互いほとんど同時だっただろう。唇に吐息がかかり、二、三度瞬きをすると瞳の近さに心臓が一回大きく跳ねた。その反動で身を仰け反らすと、公爵も同様だったようで後ずさろうとでもしたんだろう。避けきれず、ガタンっと大きな音を立てて床にしりもちをついてしまった。

「だ、大丈夫ですか！」

今度は私が慌てる番だ。こんなところで怪我でもされたらたまったもんじゃない。

しかし腰をさする公爵に駆け寄ると、当の本人はぷいっと顔を背けてしまった。眉間には深いしわが寄せられ、そして唇がぎゅっと固く結ばれている。この人生で出会ってから初めて見る、険しい顔だ。

しまった、怒らせてしまったか。不慮の事故とはいえ、公爵を転ばせて怪我をさせてしまったかもしれない。そう思うと心臓がきゅうっと縮む思いがする。

クビにされたらとりあえず今手元にあるお金でどのくらい凌げるだろう、今からでもエウゼビオの弟君の家庭教師になれるだろうか、いっそダリオおじ様に強引にどこかの部署にねじ込んでもらおうか。

一瞬のうちに様々な「実家に帰らなくて済む方法」が頭を駆け巡る。

しかし公爵は特に声を荒らげることもなく体を起こすと、床に落ちたままになった小袋を拾い上げて卓の上に置きなおした。

「こ、公爵様！」

私の声にしいんと静まっていた居間の空気が震えた。

君は、と公爵の小さな呟きが零れる。

「……金が欲しかったんじゃないのか？」

「は？　え？　いや、それは……なければ暮らせないので欲しくないわけではないですが……もともと裕福な家の出でもないので、無ければ無いなりの生活を……」

「……暮らせれば、良いと？　そんなことは、いや、しかし……やはり、あれは……。いやでも、まだ……」

狼狽えたように公爵は首を振った。整えられていた前髪がはらりと額に落ち、戸惑いを含んだ表情に影を落とす。私から外された視線は、当てもなく宙をさまよっているように見えた。

「公爵様……？」

「いや、いい。今のことは忘れてくれ。こちらの話だ。どうか、気にしないでくれ……」

こちらの話？

何のことだ。耳に引っかかった言葉に首を傾げる。さっき、やはりとかなんとか言っていた気もする。

しかし公爵はその後私と目を合わせることもなく、沈鬱な面持ちで背を向けてしまった。肩を落として歩き出すその姿は、食事を終えた時までの自信に満ちた貴族の当主とは別人のようだ。もちろん、銀貨の入った袋はそのまま卓に置き去りである。

私はその小袋に手を伸ばすこともできず、足取りのおぼつかない様子だった公爵の背を見送ることしかできなかった。

五年先の前世の婚約者

公爵家令嬢の家庭教師となってはや半月。眼鏡は結局直す暇がなくて少し歪んだままだ。今日は昨日から続く良いお天気だったので、午後の授業を繰り上げて屋敷の庭園で草花や虫の観察をしようということになった。

アメリアはそれを聞いて大喜びした。簡単な昼食をとるとすぐに日常用のドレスからさらに動きやすい服に着替えるといって、ソフィさんとともに部屋へ帰って行ってしまった。日頃は礼儀正しくしている彼女にそんな子供っぽい一面があると知り、こちらまで楽しくなってしまう。

そして戻ってきたときには少年のようなズボン姿だったことには驚かされた。隣に立つソフィさんが言うには、公爵の少年時代の服らしい。少し困り顔をしていたけれど、令嬢がそんな恰好をすることを諌《いさ》めて止めるわけでもないあたりこの侍女さんはアメリアの自主性を重んじてくれているのだろう。屋敷の面々もすれ違うアメリアを微笑ましく見守ってくれているのがありがたい。

庭に設えられた東屋に簡単なお茶の支度だけしてもらい、私はそこで待機をしながらアメリアの質問に答える形式の授業にすることにした。庭に出てそう告げると、アメリアは勇んで草木が茂っているあたりに走っていく。三つ編みにした長い金髪がころころと彼女の背を転がり、それが彼女の気分を表しているようで見ているこちらもなんだか楽しくなってくる。

「エルネスタ先生、この木の葉と、こちらの草の葉は模様が違いますね？」

「そうですね。この葉の模様を何と言ったか覚えていますか？」

「葉脈です。水や、栄養を通すための管です」

「よく覚えておいでですね。植物の種類によって網目のような葉脈を持つものと葉のむきに平行な葉脈を持つものに分かれているんですよ」

へえ、と興味深げにまじまじと二枚の葉の観察を続けるアメリアに、私の頬は緩みっぱなしで止まらない。きらきらした目でじっと葉の表面を見ていたかと思えば、裏に返して触ってみたり、葉の根元の断面を見てみたり、と非常に熱心な様子で観察をしている。

「こちらを使って見てみてください。小さなものも、よりはっきり見えて新しい気づきがあるかも？」

そう言って小ぶりの拡大鏡を渡すと、アメリアははしゃいだ声を上げてまた庭のほうへと駆けていった。

本当に生き物が好きなのだろう。手や膝が土で汚れるのも気にせず、地面に顔を近づけて葉の生え方を観察していると思えば、小さな虫食いの跡を見つけると庭木が多く生えているほうまで走って虫を探しに行ってしまう。そして疑問が浮かべばすぐに質問に戻ってきて、疑問が解ければまた走って行ってしまう様はまるで令嬢らしくない。

しかしそれが彼女の可愛らしく、素直でよいところと言えるだろう。

そんなアメリアを微笑ましく眺めていると、妹の歓声が聞こえたのか屋敷の中から公爵が姿を現した。今日は公務で城まで行っていたと思ったが、正午を過ぎて帰ってきていたらしい。略式の礼服を着たままのところを見ると、また出かけるのかもしれないが。

東屋までやってくると、失礼と言って私の対面の椅子に腰かける。そして遠くではしゃぐ妹を眺めて公爵は目を細めた。

先日の夕食の一件以来、二人になるのは初めてだ。私はアメリアのほうに顔を向けながら、横目でこっそり公爵の様子を窺った。

あの夜からこっち、折を見て銀貨をお返ししようと思っていたのだがタイミングが合わずにいた。母屋ですれ違うときはいつもフィデルかグラッドさんが一緒で、なんとなく「お金を返します」とは言い出しづらかったのだ。今日に至ってはまさかこんなところに出てくるとは思っておらず、もちろん銀貨の小袋などもってきてはいない。

また、あの夜は何か相当な衝撃を受けていたように見えた。しかしあんなに険しい顔を見たのはあれきりで、今は全く普段通りの様子で胸をなでおろす。

「今日は屋外実習かい？」

「お天気も良く、お庭の芝も乾いていましたので良い機会と思いまして」

「なるほど。これなら服もそれほどひどく汚れないという配慮かな」

よくわかっていらっしゃる。

どれほど侍女のソフィさんや屋敷の使用人たちの理解があってアメリアが望んだとしても、やはり汚れ物の洗濯の手間はできる限り減らしたほうがいいだろうし、令嬢の身だしなみを考えれば汚くならないほうがいいわけで。

晴れた日が続いて乾燥している今日ならば、泥汚れも付きにくかろうとソフィさんと相談した結果である。

「アメリア様は本当に生き物がお好きなようです。お庭に出た瞬間から生き生きとしてらっしゃいますね」

「小さなころから小鳥や猫と触れ合っていて、好きなのだろうとは思っていたよ。それ以外にも草木やほかの生き物にもそんなに興味があるとは知らなかった」

「小さな虫にも驚かれず、むしろ手に取って観察もしていましたよ。この間などお部屋に飛び込んできた蜻蛉を――」

「と、蜻蛉？」

何気なくアメリアの興味の向くものに話題を寄せると、公爵は顔をしかめて身を仰け反らせた。

「あ、あの子は、虫も平気で触るのか？　噛まれたり、刺されたり、危ないじゃないか」

「はい、あまり苦手意識はないようです。むしろお好きかも……。ああ、ご心配には及びません。毒虫などがいればすぐ捨てるようにお知らせしますから」

「そ、そういう問題では……」

しまった、と私は話題の選択を間違えたことに気が付いた。公爵はあまり虫がお好きではないらしい。これは黙っておいたほうが良かったかもしれない。そう思った時だった。

視界の隅を何か黒っぽいものが横切った。そして同時にぶうんという高めの羽音が聞こえる。

あ。蜜蜂。

と思って口に出そうとすると、突然公爵が立ち上がった。

「あ、危ない、ヴィックラー嬢！」

テーブルを挟んで向かい側に座っていたというのに、ばっと両腕を広げて私と蜂との間に体を割り込ませてきたのだ。あっという間に私の視界は黒いジャケットを着た公爵の背に覆われてしまった。

「こ、公爵様？」

「くっ、こっちへ来るな！　あっちへ、おいこらっ、あっちへ行け！」

必死の様子で手を振り回している公爵の肩越しに見れば、蜂はその手をかいくぐる様にテーブルの周りを旋回していた。いつまでたってもどこかへ飛んで行ってくれない蜜蜂に、公爵の顔がだんだん青くなっていく。

追い払われてもこの場から離れないその執着ぶりはどういうことだろうと思っていると、蜜蜂がひときわ高い羽音をさせテーブル上の茶器の間に添えられていた花に止まった。なるほど。飾られた花とはいえ公爵家の庭園でつい先ほど摘まれたもので、花の香りに誘われて飛んできてしまったのだろう。

「は、花に……っ？」

懸命に追い払おうとしていた公爵は、息が上がっているようだ。

「蜜を採りに来たんでしょうね。ちょっとお待ちください。片付けますから」

花の中心を凝視したまま動けなくなってしまった公爵の目の前から、そういって私はすぐに花器ごと花を遠ざけた。そのまま花壇へ向かい、蜜蜂が入った花をその植栽の一部へ差し込む。蜂も気が済んだら勝手に巣へ戻るだろう。

そういえば蜜蜂がこんな風に飛んでくるなんてどこかに巣があるのだろうか。あるいは養蜂場なんかがあるのかもしれない。だとすれば一度アメリアを連れて見学に行ってみたいものだ。

「もう大丈夫ですよ、公爵様」

くるりと振り返ると、そこにはいまだ放心状態の公爵が固まったままこちらを向いていた。

「公爵様？　もう大丈夫ですよ？」

「あ、ああ……その、蜂……は？」

「花壇に咲いている花と勘違いしたのでしょう。日が暮れる前にきっと勝手に巣に戻ると思いますよ」

ほら、と空の花器を見せると公爵は細い溜息をついて机に突っ伏してしまった。よほど苦手なのだろう。アメリアとは正反対の様子に、なんだかおかしくなってくる。それなのに蜜蜂から守ろうとしてくれたのか。

私は頬が緩みそうになってくるのを堪え、手元の茶器からカップに茶を注いだ。

「……君は、その、蜂も平気なのか？」

突っ伏したままの公爵にそうっとお茶を勧めると、虫嫌いな青年は恨めしそうな目をして顔を上げた。

「あれより大きくて攻撃性の強い種類の蜂に会ったら逃げますが、蜜蜂くらいならば平気です。彼らの仕事は花の蜜を集めて巣に運ぶことですから、仕事の邪魔をしなければとても温厚な虫なんですよ」

「……虫が温厚とか、そんなことがあるもんかね」

「あるんですよ、意外と。先制攻撃をしてくるような凶暴なものもいますが、たいていの虫は自分の身が危なくならなければこちらに危害は加えてきません。慣れると可愛い顔をしている種類の虫も多いんです。公爵様は蜂……いえ、虫がお好きではないとお見受けしますが……」

「すごいな、君は……俺はその、蜂は……いや、虫全般が、ちょっと」

一度刺されてから怖くなったんだ、とものすごく疲れた顔をして公爵はまた卓に突っ伏してしまった。

これは相当だ。しかしこれはよろしくない。アメリアが虫が好きでちょくちょく観察しているのを止められてしまうかもしれない。

「あ！　あの！　蜂なんですけど、蜜蜂って蜂なのでみんなに怖がられますけど！　けど、あの子たちはただ花の蜜を吸ったり花粉を集めたりして巣に持ち帰るだけのおとなしい良い子たちで！　いじめない限り向こうから攻撃してくることなんてないんです。あと、それから、ええっと、あの子たちが蜜を吸うときに花に潜り込んでくれることでちゃんと受粉ができて、果物や野菜の実ができあがるんで、とっても、とっても役に立つ虫なんです。あと、あとですね、ええっと、おいしい蜂蜜を作ってくれて、それに、実はすごく賢くて、仲間内で羽音や巣の中の動きで暗号みたいなことを伝えあって――」

「もういい。もうわかったから……」

一生懸命説明をしていると、視界が公爵の手のひらで遮られた。見える範囲いっぱいに広がった大きな手のひらに、あ、と息を飲む。

しまった。またやってしまった。

謎の使命感に駆られて蜜蜂を擁護するための薀蓄《うんちく》をまくし立ててしまったらしい。

ああ、と今度は私が頭を抱えて突っ伏した。興奮すると、早口で知っていることを喋りまくってしまうのは私の悪い癖である。普段はハンナや父くらいにしかやらないのに、どうしたことだろう。

呆れられていないだろうか、それとも余計なことを話しすぎるなと叱られるだろうか。うるさいから解雇、とまではいかないだろうけれど、万が一言われたらどうしよう。内心ビビり散らかしていると、頭上でぷっと吹き出す声が聞こえるではないか。

「公爵、さま……?」

恐る恐る目を上げれば、そこには顔を真っ赤にして口元を抑えている公爵がいた。目が合うとまたぷっと吹き出し、そして今度はこらえきれないように口を開けて笑い出す。

「こ、公爵様……? なにか……?」

「い、いや、すまない。君があまりにも一生懸命に蜂を擁護するもので、それがおかしくて」

「申し訳ございません! 無理やり聞かせるような真似を……!」

「気にしないでくれ。むしろなるほどと勉強になったよ。もっと聞かせてほしいくらいだ」

時折笑いを交えながら話す公爵の言葉はつっかえ気味で聞き取りにくかったけれど、とにかく気分を害していないということは伝わった。目の端ににじんだ涙をぬぐいながら笑う様子に嘘はなさそうだ。ほっとして肩の力を抜くと、なんだか私のほうもおかしくなってくる。

前世の印象もあり、会っている間は必要以上に緊張をしていたけれど、この世界では公爵もいたって普通の、いや意外と可愛いところもある同年代の男性なのだろう。冷血漢と世間では噂があるらしいが、いったいこの人のどこがそんな噂に繋がるのかわからないほどだ。王城での仕事の最中と、自宅である屋敷では違うのだろうか。

「そういえば君の卒業研究は虫による人の病気の媒介現象に関するものだったか。学長がそんなことを言っていた気がする。それなら虫が怖くないのも納得だな」

「苦手なものもいないわけではないのですが……えっと、虫にも害虫とされるもののほかに益虫と言われるものがいまして――いえ、なんでもございません。お聞き流しください」

「まだ何か講釈をしてくれるのか？　やはり苦手な虫もそれほどいないと見える。そうだ、今度屋敷にいるときに虫に出くわしたら追い払ってもらうか。いつもならフィデルに頼むんだが、あいつもあまり得意ではないようでね。もちろん、その業務にもちゃんと給与を支払おう」

またただ。またお金の話である。

は、と公爵を見ると、嘘や冗談を言っているようには見えない表情を浮かべている。私は慌てて首を振った

ただでさえ貰いすぎているのだ。まだ今月の給与をいただいていないというのに、手元には銀貨二百枚以上がある。クロエの言っていた相場以上を、ほんの半月程度でいただい

てしまった計算である。いくら公爵家の屋敷の中に住んでいるとはいえ、部屋にそれだけの銀貨を置いておくことについてもそわそわするし、これ以上受け取るのも怖い。ここはしっかり断るべきであろう。

「要りません。そんなのいただかなくても虫を追い払うくらいわけないことですのでお呼びください」

「そうは言ってもだよ、エルネスタ先生。それも仕事となれば対価が発生してしかるべきだ」

「受け取る側が要らないと申し上げております。虫を追い払うくらい、道ですれ違った赤の他人同士でもできる行為です」

「この間も聞いたが、君は金が欲しくはないのか？　官吏の任用試験を待っているとは言うが、金があれば試験を受ける必要もないのでは？　それとも何かほかに俺に願うことでもおありかな？」

「試験までの間、お雇いくださったことは感謝しております。お金に関しては暮らしていけるだけあれば十分です。ほかに願うことなど……逆にお伺いしますが、公爵様はなぜ、そんなに給与、いえ銀貨を私にくださろうとするのです？」

そうだ。

なぜそんなにお金を払いたがるのか、私に銀貨を持たせたがるのか、ずっと尋ねてみたかったのだ。相場の何倍もの給与を支払って家庭教師として雇ったうえ、さらに何かにつけて増額するなどいくら公爵家の経済力があってもおかしい。

私は姿勢を正して公爵を見つめた。

和やかなはずの昼下がりの庭園で、私たちのいる東屋の中だけ少し温度が下がったような気がする。私を見つめ返す公爵の目からは笑みが消え落ち、眼の光に冷気が宿った。一切の感情をなくしたようなその瞳は、前世の刑場で私を睨みつけていたあの目と重なる。怯みそうになるが、この世界での私はあの時の私ではない。俗世から隔絶されて育てられた世間知らずではなく、領地や大学で様々な目に晒されてきたのだから度胸だってついてるはず。

見つめ合ったお互いの視線は、それぞれが相手の心の内を探る様に交わり続けた。どのくらいの時間が経ったのだろう。先に唇を動かしたのは公爵だった。

「……金が要らないということは、他に目的でも？」

「……は？」

「いくら仕事の依頼をしたいという話でも、あのように不躾な招きにほいほいと応じたのには何か理由があるのでは？　金か、それともこのヴォルフザインと王家との伝手でも狙いに来たのかと考えたんだがね」

ふ、と公爵が鼻を鳴らした。肩を竦めるように首を振ると、その顔からは先ほどの酷薄さは消え、苦い笑みが浮かんでいる。

なぜかその表情を見ると胸が痛くなった。何度か公爵の笑顔は見てきたし、ついさっきは心からおかしそうに笑っていた顔を見たはずだ。何か悪戯を企んでいたり、自信に満ちていたりする笑顔ばかりだったのに、これはいったいどういうことだろう。

そして彼の言葉の意図するところがつかめない。仕事の話にほいほいと軽率についてきたのは認めよう。ただ、お金が欲しかったといえば確かにそうだが、勧誘をしてきたのは公爵だしヴォルフザイン家と王家の伝手とは何の話だ。それが私と何の関係が、と口を開きかけたときだ。

母屋のほうから急ぎ足でやってくる執事のグラッドさんの姿が見えた。いつもは穏やかな笑みを浮かべていて足音もするかしないか、とても静かに行動をするひとだけれど今日は違う。慌てたような様子で、いつものやさしい微笑みは引っ込んでいる。

黒スーツに身を固めた老執事は東屋にいる私たちを見つけるとさらに足を速めた。そして近づくや否や、殿下がお見えです、と告げたのだ。

それを聞いて私の体は硬直した。

「どうしたグラッド。殿下がお見えとは？」

「王城より急ぎの御用とのことで、殿下がご自身でお見えになっております。応接室へお通しするように指示を出しましたが……」

「なんだと……いや、すぐ行く。エルネスタ、君は早く離れへ戻りなさい」

血相を変えた公爵の口調が厳しくなった。しかし私の体はまだ雷に打たれたように自由がきかない。公爵の声が実際以上に遠くに聞こえる。

「……え？」

「早く！　今すぐここから――」

そう言いながら母屋を振り返った公爵が言葉を切った。視線の先など、追わなければよかったと思うも遅い。遅かった。

ひどく見慣れた、それでいて今生では絶対に見たくなかった、そんな朗らかな笑顔で片手を振っている男性が歩いている。陽光をまろやかに反射する黄金色の髪がまぶしい。

「アルベルト……さま……」

彼の顔を凝視したまま私の口からこぼれた言葉は、風にあおられた庭園の木々のざわめきに呑み込まれたのだった。

王子殿下の微笑み

やあユリウス、という朗らかな挨拶がやけに大きく聞こえるのはこの場所のせいもあるだろう。日差しを遮るための半球状の屋根の内貼りは王子の声を柔らかく反響させた。

懐かしいその声に胸がぎゅうっと締め付けられて痛い。最期の時に見た冷たい横顔ではない、優しげな顔を真正面から見ることが辛すぎた。

ゆるく波打つ金色の髪に透き通る青い瞳。この世の春を思わせる、穏やかな微笑み。歩いている姿さえ優雅さが漂う王子は、あの夢で見た姿よりやや若い。

そうか、あの時より五歳もお若いのだ。とすると、公爵同様に二十一、二歳。前世ではまだお目にかかってお声をいただいて間もない頃のお姿だ。そう気が付くと胸の痛みがさらに鋭くなる。

聖女として日々の祈祷を行っていた私は、年初めの儀式を終えた後に王家の方々に呼ばれそこで初めて王子であるアルベルト様と出会った。成年となった王族に、一年の祝福を与えるのも聖女の大切な仕事の一つだった、その時、成人となられたアルベルト様は初めて祈祷の祭壇までおいでになり、私は祈りをささげた香油をあの金色の髪に落としたのだ。

前世ではここから五年後。あの朗らかな笑みが消え失せ冷たい瞳で私に処刑を言い渡す。

その場面を思い出すと、身も心も凍らんばかりに震えが這い上ってきた。

いたたまれなくなった私は、椅子から立ち上がり公爵の後ろに隠れるように下がった。

するとさっと公爵が私の前に体を入れた。位置的にアルベルト様と私の視線を遮るような形だ。

「御用があればお呼びください。こちらから王城へ伺いますから」

「堅苦しいことは言いっこなしだよ。私とユリウスの仲じゃないか」

「乳兄弟とはいえ、今の私は公爵の爵位を賜っておりますからね。貴方もこの国の王位継承順一位の大切なお体だ。お立場をお考えください」

横から聞けばちくりと釘を刺したような公爵の言葉も、王子は意に介した様子もない。陽気に笑い飛ばし、屋敷の主に勧められる前に椅子に腰かけてしまった。そこは私がさっきまで座っていたところです、とは言わない。もちろん言えるわけもない。私自身、公爵の後ろでなるべく王子に見えないよう、小さくなったままだ。

公爵はグラッドさんに新しいお茶を持ってくるように指示をした。老齢の執事はそれまで慌てていたなどとは微塵も思わせない仕草で優雅に一礼して去っていく。

この時に一緒にさっと下がればよかったのだろう。しかし機を逸して私はすっかり立ち往生してしまった。

今更アメリアのもとへ行こうにも、東屋を去る前に挨拶をしなければさすがに不自然だろう。しかしこの屋敷の使用人という立場ではないがただの家庭教師である私が、王子に向かって許しもなく挨拶をするわけにはかない。男爵令嬢なんて肩書は、本物の王族を前にしたら一般市民と同程度なのだ。下手に声をかけたら不敬罪と罰せられる可能性だってある。

公爵が下がれと命令してくれたらよかったが、言われた時は動けなかったし今動いたら逆に不自然だ。結果、背の高い公爵の背の後ろで小さくなっているしかない。

しかしこの場に居続けることが苦しかった。かつて恋しく思っていた人の、穏やかな笑顔を見ているのが辛い。優しげな甘い声音を耳にするのも切なくなる。処刑の恐怖を思い出したくなくて、また処刑の未来につながることを恐れて、絶対に会いたくないと思っていたのにこのざまだ。

こんな形でお顔を見てしまえば、以前感じていた愛しい気持ちがよみがえってしまうじゃないか。

「わざわざ屋敷までおいでになったのは、いったいどんなご用件で？　お話が長くなるなら応接室でお伺いしますが」

　挨拶らしい挨拶をかわすことなく口火を切ったのは公爵だった。王子はそれを受けると
ふうっと肩を竦める。

「いや、非公式の訪問だ。天気もいいしここで済まそう。先日も議題に上がっただろう？

あれだよ、あれ。今期の聖女が不作だって話についてね」

　聖女、という単語が王子の口から出てきて私の体はびくりと反応した。

　待て、落ち着け。私のことではない。

　私のことではないが、今期というのは前世の私が聖女の試験に合格したころである。不
作と言われるほど同期の出来が悪かったかどうか、記憶を手繰り寄せるが思い出せない。

あの頃の私は自分自身の修行に必死で、競うように修行をしていた同期の顔なぞろくに覚
えてもいなかったからだ。

　でもそれが不作とはいったいどういうことだろう。

「不作など、そのような言い方はお控えくださいと申し上げましたよね」

「いいじゃないか、ここ以外、よそでなんて言わないよ」

「人間、慣れは恐ろしいもんですからね。普段から言っていると、いざってときにも出て
きますよ」

「でも君の前では少し愚痴らせてもらってもいいだろう？　今期の候補生、先月から月に二回ずつくらい試験をしているんだけれど、いまだに合格者が一人も出ていないんだ。それで父もちょっと不安がっていてね」

「候補者が未熟だったということですか？」

「修道院側が言うには、慣例通りの試験のはずだ。いつもと同じように数年修行しているんだから、受かる人材がいてもおかしくないんだがねぇ」

聖女と聞いてほんの少しだけ王子から気が逸れた。慣例通りであれば、聖女の試験は私が受けた時と同じものであるはずだ。全員でこの国の祭祀の歴史や儀式の意味などに関する筆記試験を受け、そのあとは祈祷、占いなど各種儀式の実技試験を経て結果発表となったはずである。合格した私の場合、筆記試験が満点だったのではないかと思っている。だって、実技の試験をちょっと躓いたのを覚えているから。

正直、普通に勉強して本を読んでいれば筆記試験の難易度は高くない。あくまで私にとっては、だったけれど。

問題は実技である。実技試験のほうは立ち居振る舞いから宮廷の礼儀作法、そして神にささげる歌、踊り、祈りの儀式、式の振興など、一から十まで細微な動きを再現せねばならないため難しい。一寸の狂いもなく、完全にお手本となる先代の動きを真似る必要がある。祈祷に至っては祈りの種類や場面によって祝詞《のりと》も違えば動きも違って、面倒くさかったことこの上ない。今更あれを受けろと言われても面倒すぎていやである。

我ながらよくあの年齢で受験し、ちゃんと受かったものだ。その後にしっかりとやり遂げ、聖女としての仕事を全うできたのはひとえに根性と凝り性の賜物だったと思われる。

「みんなね、とっても頑張って修行をしていると噂なんだけれど、どうにも実技試験で合格の水準に達しないんだ。みんな一連の動作の中、どこかが間違ったり混乱して止まってしまったりしてしまうんだと。この間は危く火事を出しそうになっていたよ」

火事……ということは占いの実技でのことか。

「火事とはそれは一大事だ。候補生や試験官にけがは？」

「幸いにもほかの神職や試験官が大勢見ていたからね。すぐに火は消し止められ、候補生はその場で失格となったそうだ」

「気の毒な」

「しかしおかげで最近では父上も神職たちも、今期の聖女は神の祝福がないのではないかといいだしてね。まあこの時代に神の祝福もあったもんじゃないとは思うが、場合によっては今の聖女の任期を延ばして対応するかってことになるかもしれん」

「今の聖女様の任期を延ばすのですか？　それは、ご実家筋がいい顔をしないのでは」

「そこなんだよ。任期が延びれば延びただけ、彼女の婚期も遅れてしまうしね」

話題になっている聖女は前世における私の前任で、確かとある伯爵家の遠縁にあたる娘だったはずだ。なるほど、適任者がいなければ任期を延ばすというのは一つの方法だろう。

しかし貴族の娘の婚期が遅れるのは、家同士の勢力争いも関係してきて厄介になる。

聖女は高位の貴族の前で儀式を行う機会がある都合上、その場で見初められることも多い。歴代の聖女は任期を全うすると貴族の子息や隣国へ輿入れするのが常らしい。

だから私も前世では王子に見初められ、婚約をしたのである。

「そこで私は考えたんだ」

そこまで少し悩んだ様子で話をしていた王子は、突如声を弾ませた。

「なんです?」

「今期の候補生より下の子、つまり次回に向けて修行している子たちも繰り上げて試験を受けさせてみてはどうかなって。若い分長く聖女を務めてもらえるかもしれないだろう？

この案を明日の御前会議で君に後押ししてほしいんだ」

「いえ、次代になるとさすがに少し若すぎるのでは……？　修行も途中でしょうし、まだ十代半ばになっていない者も多いはず。であれば今の聖女様にもう少し頑張っていただくほうが現実的だと思いますが」

「そうかな、次の子たちもなかなか優秀だというし、無い話じゃないと思うけどなぁ」

そういえば今話題に出ている「今期」とは、私が前世で試験を受けた世代ということだ。そこに合格者が出なかったということはどういうことだろう。候補生は等しく厳しい修行を課せられそれぞれを修了しているはずで、ことごとく不合格になるというのは不自然ではないか。

それはあたかも合格するべきものがいなかったと神が判断したかのようだ。

前世でその試験に合格したはずの私が、「聖女の証」を無かったことにしたから。まさかそのせいで――。

「アルベルト様！」

ぐるぐると渦を巻く思考は、アメリアの元気な声で遮断された。

顔を上げると内気な人見知りである公爵家令嬢が大きく手を振りながらこちらへ走り寄ってくる。それに気が付いた王子も、椅子から立ち上がって両手を振り回した。

「やあアメリア！　久しぶりだね。大きくなったじゃないか」

「ご無沙汰しております、アルベルト様！」

東屋に飛び込んできたアメリアは、勢いよくアルベルトの胸に抱き付いた。日頃はおしとやかでおとなしい令嬢だというのにこれはいったい、と公爵の顔を見上げると苦虫を噛み潰したように眉根を寄せている。

「アメリア、無礼だぞ。控えなさい」

「気にすることはないよ。そうだ、学校に行くのは取りやめたと聞いていたけれど、元気だったかい？」

「いやだ、お兄様ったら。アルベルト様には内緒にしてって言っておいたのに」

「いやいや、君の様子はきちんと知らせてくれって私が頼んでいるからね」

ね、と王子はアメリアの頬に唇を寄せた。公爵家令嬢は頬を桃色に染め、うれしそうに王子の首に抱きつく。一見すればただ微笑ましいだけの光景に、私の胸がずきりと痛んだ。

かつての想い人が、私との記憶もなく、目の前で子どもとはいえ別の者に親愛の情を向けているのを目の当たりにして喉の奥からひどく汚い、熱いものがこみあげてくる。

できることなら今すぐこの場から消えてしまいたい。それが叶わないのであれば、神様に耳と目を塞いでほしい。あの頃はさんざん奉仕して、朝に、晩に、あんなに祈りを捧げているのだから一度くらいは願いを叶えてくれたっていいじゃないか。

しかし私のそんな我儘な願いなど叶うはずもなく、王子の口は滑らかに動き続けた。

「私の未来の奥さんのことだもの。何でも知っておきたいのさ。ダメかな、我が婚約者さま？」

艶のある二人の金色の髪が重なった。

王子と、そして公爵家の令嬢。考えてみればこれ以上ない組み合わせである。公爵家の兄妹の母君は現国王の妹君であるから、王子にとってアメリアは従兄妹という関係になる。歳は十歳ほど離れてはいるが、血筋で言えば申し分なく高貴な姫君だ。

ああそうか。

前世で公爵があんなにも冷たい目で私を見ていた理由が分かった気がした。

おなかの奥底で熱くどす黒いものが渦を巻き、今にも喉からあふれ出そうな感情を必死に押さえつけている私と、それに対して冷や水をかけて見下ろしている私。二つ相反する気持ちがないまぜになり、頭の中がぐらぐらとかき回される。怒りなのか、悲しみなのか、それとも醜い嫉妬なのか、羨望なのか、何が何だか分からないもので体が破裂してしまいそうだった。

しかしただ一つ分かっていることがある。

今の私には、この光景と情報に対して何も言う権利がないということだ。

「婚約者ですのに不甲斐ないわたしをお許し下さい。でも学校へ行けなかった代わりにとても良い先生に巡り合うことができました」

「お、おいアメリア！」

「ご紹介しますわ。エルネスタ先生です」

王子に抱きかかえられながら振り返ったアメリアは、満面に屈託のない笑みを浮かべていた。二心なく真っ直ぐな瞳に微笑まれ、私の胸は一際強く痛む。しかしここで黙っているわけにはいかない。この場にいる誰もが私の前世など知りもしないのだから。

「アメリア、勝手なことはよしなさい」

王子を前にはしゃぐ妹君を、珍しく公爵が厳しい顔で制する。しかしすでに話題に上って紹介されてしまった以上、ここから逃げられるわけでもない。

胸の痛みを押し殺し、私は王子とアメリアに向かって膝を曲げて深々と頭を下げた。今の王子は私のことを知りもしない。けれど、今は彼に顔を見られたくない。そして顔を見るのも辛い。

「……ご紹介にあずかりました、エルネスタ・エマ・ヴィックラーでございます。ご挨拶が遅れまして申し訳ございません」

「ヴィックラーとは、ああ、ヴィックラー男爵のご令嬢か。確か先日王立大学を首席で卒業されたと聞いていたが、まさかその才女が公爵家にいるとは驚いた。おや、アメリアと並ぶとその見事な銀の髪が映えるね。まるで太陽と月だ」

「こ、光栄に、ございます……」

声は震えていなかったか、姿勢は宮廷儀礼から外れていなかったか。心配することは山のようにあるが、親しみを込めた声音で返答され思わず目頭が熱くなる。社交辞令と分かっているのに、銀の髪を褒められると鼻の奥がつんと痛み、ますます顔を上げられなくなった。

歪む視界の中、前に立つ公爵の黒光りしている革靴の先端だけをじっと見つめ、にじみ出る涙が零れないようにするのが精いっぱいだ。

「今日はお天気が良いので先生とお庭の植物や虫の観察をしていたのです。お兄様は虫が苦手ですけれど、アルベルト様はいかがです？」

「ははっ。ユリウスは昔、蜂に刺されてから苦手になったんだっけね。私は蝶や蜂くらいなら平気だよ。アメリアはどんな虫が好き？」

「わたくしは蜻蛉かしら。蜘蛛もふわふわしていて愛らしい姿をしているものもいるので好きです。エルネスタ先生から蜻蛉や蜘蛛は病気を媒介するような虫を食べてくれる益虫だというのを教えてもらいましたから」

「よさないかアメリア」

「いいよ、ユリウス、構わない。なるほど。それでは私も蜻蛉を好きになろう」

まだ幼いともいえるアメリアに合わせているとはいえ、王子の声も屈託がない。公爵と比べるところが本当の兄妹だと言われてもおかしくないほどの近しさだ。そんな二人の様子を、これほど近くで見せられることが辛かった。

もちろんアメリアに非はない。王子にだってない。

前世はともかく、今の人生において私と王子は初対面であり、風の噂で存在を知る程度の間柄なのだ。聖女でもない私は王子と結ばれることなどありえない。

知らず、手がスカート越しに内腿のあざへと伸びた。これさえ明らかにしていれば、今頃の私は聖女試験に合格していただろうか。そして、数年後にあの笑顔を向けてもらうことができただろうか。

今更そんなことを考えていても仕方がないのは分かっている。あざの発現と同時に蘇った前世の記憶に慄き、処刑される未来を回避するべくあざを隠したのは自分自身だ。王子との未来を選ばなかった側の自分が、今目の前に広がる世界を恨み、アメリアに対して嫉妬の気持ちを持つなどおこがましい。

でもこの場に居続けることが辛くてたまらないのは変わらないのだ。目を伏せていても耳に聞こえる二人の無邪気な笑い声に、どんどん視界が滲んでくる。せめてこの場から退出させてもらえたらと思うけれど、この機会を逃したらもう王子の姿を見ることもできなくなるかもしれない。そんな僅かな未練が足を縫い付けるように私をこの場に留めていた。

「なるほど、アメリアは先生に教えてもらってとても楽しそうだね。元気に学ぶことができて私も嬉しいよ」

「ご紹介くださった大学の学長先生とお兄様に感謝しています。そしてわがままなお願いを聞いてくださったエルネスタ先生にも」

「いい子だ、アメリア。感謝の気持ちを忘れてはいけないね。そうだ、ヴィックラー嬢」

不意に名を呼ばれ、はっとする。顔を上げることができないので膝を曲げて応じると、王子はふふっと笑い声を漏らした。

「これほどアメリアが楽しそうに勉強の成果を話してくれるとは、君はとても良い先生のようだね」

「恐縮でございます……」

「今度よかったら私にも昆虫の話を聞かせてくれないか？　城の庭園を案内しよう。公爵家の次のお休みはいつになる？　迎えの馬車を用意するから、是非」

城の庭園と聞き、私は言葉に詰まった。手をつなぎよく一緒に散歩をして、季節のきれいな花々や蝶を見てはそれを象ったブローチやネックレスなどを贈ってくれた思い出が、まるで昨日のことのように溢れてきたのだ。

ぱたぱた、と両の目からしずくが零れた。もうだめだ。このままでは嗚咽まで漏れてしまう。

　すると、それまで隣でじっと立っていた公爵が一歩進み出た。王子と私との間に体を割り込ませ、その背で王子からの視線が遮られる。そしてふわりと頭から何かをかけられた。

――公爵のジャケットだ。

「失礼、殿下。ヴィックラー嬢は少々体調がよろしくないようです。風にあたりすぎたのやもしれません。退がらせていただいてよろしいですね？」

「なに、それはいけない。早く休ませてやるといい。すまなかったね、ヴィックラー嬢。長話に付き合わせてしまったようだ」

　体調、と言いかけた私の肩に公爵が軽く手を添えてきた。抵抗しきれない程度の力加減で屋敷のほうへと押される。

　行け、ということだろうか。ジャケットの下で慌てて涙をぬぐい顔を上げれば、そこにはアメリアや王子のものとは異なる色素の濃い、ほとんど黒と言っていい瞳があった。

　こわばった表情に吊り上がった眉。礼儀に外れたと言って叱られるのだろうか、と思えば違うらしい。急かすように肩を押され、アメリアたちとは反対へ体の向きを変えさせられる。

「さあ、行こう。殿下、少々席を外します。アメリア、くれぐれも失礼のないようにな。

グラッド、ソフィ、少し頼む」

「はい、お兄様。エルネスタ先生、お大事になさってくださいい」

執事と侍女に後を託し、公爵はジャケットごと私の体を抱えるように歩き始める。大きな歩幅で歩かれ、私のほうは半ば小走りになった。

「なんだい、ユリウス。やけに優しいじゃないか」

「雇用主として当然の配慮ですよ、殿下」

「へえ。じゃあ今はそういうことにしておこうか?」

背後で聞こえた王子の声には、ほんの少しとげが含まれている気がする。しかし今はそれどころではない。後ろ髪を引かれながら歩いていると、またアメリアと王子の笑い声が耳に届く。それが更に涙腺を刺激した。

庭園を出るころ、私の喉は耐え切れずに嗚咽を漏らした。

「フィデル！　フィデルはいるか！」

母屋へ入ると、屋敷内で控えていたフィデルがさっと現れた。しかし公爵のジャケットを頭からすっぽりかぶり中でしゃくりを上げている私に気づき、げ、と蛙のような声を上げる。同時に公爵の前だというのに、露骨に眉をひそめた。

「……お前、まさか泣かせたのか?」

「馬鹿を言うな。ヴィックラー嬢の気分が思わしくない。すぐに離れへ連れて行ってやってくれ。俺は殿下のお相手をする」

「わかった。しかし、ユリウス、ジャケットは？　殿下の御前では」

「いい。今日は非公式と殿下自らおっしゃっていた。アメリアもいることだし」

「ってわけにもいかないだろう。ほら、これを」

そう言うとフィデルは自分が来ていたジャケットを公爵に手渡した。

「すまんな。先生はかなり取り乱しているようだから、あとは頼むぞ」

「……承知しました。ヴィックラー様、お足元にご注意の上こちらへ」

私を引き取ったフィデルは、公爵を見送るとすぐに慇懃《いんぎん》な態度で離れへ向かう渡り廊下を手で示した。私はその嫌味に反論することもできないまま、公爵の忠犬とともに自室へと向かったのだった。

夜更けの攻防

ものすごく嫌そうな顔を隠しもしないフィデルだったが、泣きじゃくっている女をその場に放置するのはさすがに良心の呵責があったのかもしれない。

離れまで来ると私に先んじて扉を開け、寝室までゆっくりと送ってくれた。寝室に着くなり頭にかぶせられていた公爵のジャケットは剥ぎ取られたが、ここまでくればもうどうでもいいし泣くことを我慢することもない。もう正直限界は超えている。

私は屋外で着ていた服を脱ぎもしないままベッドに倒れこみ、子どものようにわんわん声を上げて泣いた。

「あ、おい、ちょっと……」

背後ではいきなり大声で泣き出した女に困惑しきったフィデルの声がする。しかし取り繕う余裕もなければ顔を上げることもできない。両目からはぼろぼろと涙があふれ続け、喉の奥からは熱いものがうめき声とともにどんどんと流れ出て行った。

「ああ、もう……ユリウスはなんでこんな女を気に入ったんだか……」

ごめんなさいと謝りたいけれどもう止まらない。参ったな、というフィデルの声をまるで他人事のように聞きながら、私はひたすら泣き続けた。

その後はフィデルも寝室には戻ってこなかった。それはそうだ。従僕としての仕事もあるだろうし、なによりこんなに泣き続けている女の傍にいたら気が滅入ってしまうだろう。

離れに誰もいなくなったせいで、泣き続ける私を止める者もいなくなった。気が済むまで泣いて、泣いて、泣き続けて、ようやくベッドから起き上がったころにはもうすっかり窓の外が暗くなっていた。空に浮かぶ月も、ずいぶんと高いところに昇っている。

体中の水分が出て行ってしまったかのように喉が渇いた。頭も、体も、まるで泥をかぶったかのように重い。

水を求めてのろのろとベッドから這い出て居間へ行くと、そこには居なくなったと思っていたフィデルが燭台に火を灯して待っていた。

「あ……」

暇を持て余していたのだろうか、私がテーブルに出しっぱなしにしていたアメリアの数学のテキストをぱらぱらとめくっている。私に気が付いたフィデルはそれをぱたりと閉じ、タイを直しながら立ち上がった。

「ようやくお目覚めですかね」

「……ご、ごめんなさい。もしかしてフィデルさん、ずっとここに？」

「おりましたよ。ユリウス様から、貴女を頼まれてしまったので放っておけるわけがないでしょう」

「すみません……お見苦しい姿を……」

さんざん泣いた姿を見せて今更、と思われても仕方ない。が、急に羞恥に襲われ私は身を縮めて頭を下げた。

　フィデルはそれには何も言わず、卓上の水差しからコップに水を注いで私に差し出した。私はそれをありがたくいただき口に含む。ほんのりと付けられた柑橘の風味が鼻に抜け、一口飲むごとにゆっくりと気持ちが落ち着いていくのがわかる。

「とりあえずご自分で起きられるようになったようなので、私はこれで失礼しますよ。ユリウス様にもご報告しなければいけませんし」

「は、はい。ありがとうございます、フィデルさん」

　重ねて頭を下げればば公爵の忠実な従僕はふんっと鼻を鳴らした。口はへの字に曲がり、あからさまに機嫌を損ねた様子で手元に畳んであった衣類を持ち上げる。ろうそくの明かりでちょっとわかりにくいけれど、あれは公爵のジャケットだ。

　そういえば、あの人は庭園で私の泣き顔を見せないようにあれをかけてくれたのか。あんなに和やかな会話の途中で、急に理由も言わずに泣き出してしまった私に。そしてそれを悟られないように体調のせいにして退がらせてくれた。

　改めて考えれば猛烈に申し訳なくなってくる。冷や汗が出るような羞恥に狼狽えていると、フィデルはそれも面白くなさそうにそっぽを向いた。

「まったく、公爵閣下のお立場をよく考えてください。王子殿下の御前で屋敷の者があんな醜態を晒したら閣下の体裁が悪いでしょう」

「……す、すみません……」

「あとですね、こちらの閣下のジャケットに汚れとしわがありました。高価な生地で作ってあるのでクリーニングは専門の店に出します。補修費用はヴィックラー嬢に請求しても?」

「は、はい。結構です、重ね重ねすみません……」

では、とフィデルは足早に居間を出て行った。そのせいせいしたような足取りに、半日近く仕事をつぶされた苛立ちが見えて本当に申し訳なくなってくる。

部屋まで送り届けたのだから放っておいてくれてもよかったのに、公爵の命令で前後不覚になるまで号泣していた私の傍にいてくれた。私のことは気に入らないようだけれど、根はいい人なのかもしれない。

「っはあああああ……」

コップに残った水を一気に飲み干し、私は大きくため息を吐いた。

記憶が蘇って十年あまり。処刑される未来が恐ろしくて絶対に会いたくないと思い避けていた、かつての愛しい人。アルベルト王子に一目会ってしまっただけでこうなってしまうとは、我ながら情けない。私の頭の中にあった王子への恋慕が十年たった今でも残っていたということに、今更ながら驚かされた。

聖女になって、王子に見初められて、婚約して。処刑されるその日の朝までは確かに幸せだった。幸せを信じていたから、ある意味仕方がないと言えるのかもしれない。今日の王子の笑顔はあの頃とほとんど変わらなかったのだから。

でも今生ではあの優しげな青い瞳の向く先が私ではなかった。今まで出会っておらず、私が出会う前にアメリアと出会って婚約した。それだけの話だ。なのに、なかなか自分の感情を納得させることができない。

だからと言って今日見たあの二人の仲に割り込むなんて考えるつもりは毛頭ない。

人見知りでおとなしいアメリアが、王子の前ではとても楽しそうに笑っていたではないか。実の兄に対するより懐いているように見えたのは気のせいではないはずだ。よほど王子に対して、信頼と愛情があるのだろう。

あの笑顔を曇らせることなんてあってはならない。あの未来にリベンジする勇気を持たず、目覚めたときに夢の世界においてきた気持ちを、今更この世に持ち込むことなんてしてはいけない。

しかも、と腫れて重い瞼を引き上げながら窓の外を見る。

前世の世界でも、きっとあの二人は婚約をしていたのだろう。私が知らなかっただけで、きっとそうだったんだろう。でも処刑される前の記憶では、王子と婚約をしていたのは私だ。ということは、私が王子と出会って婚約するまでの期間のどこかで、アメリアと王子の仲を引き裂いてしまったということになる。

それでは公爵が怒って私を憎んでいたのも当たり前だ。あれほど冷たい目で見られていたのも、あれほど理不尽に厳しく当たられていたのも、十分に理解できてしまう。溺愛する妹の婚約者を、横から現れた聖女が掻っ攫ったことになるのだから。

今日の彼らを見ればやはり聖女の証など秘密にしておいて良かったのだと思わざるを得ない。醜く嫉妬もしているけれど、今の私はアメリアのこともそのくらい好ましく思っているのだ。

そしてあの世界で私と婚約を破棄した王子が、アメリアと再度婚約をしたとは思えない。あの日、刑場にいたのは次代の聖女として名が挙がっていたマルガリータだった。去り際に王子の手が彼女の腰に回されていたのが私の見間違いでなければ、きっとあの後はマルガリータと婚約、婚姻と進んでいたのではないだろうか。

十七歳という若さで後継と目されていた彼女は、特に早く聖女の証が発現して修行に入っていたと言われていた。逆算すれば、今だと十三歳くらいになるか。とするともう候補生として修道院にいるに違いない。

そこまで考えて、一抹の不安がよぎった。

王子は今日、今期の聖女候補生が不作であるため、現聖女の任期延長や次世代の繰り上げ試験について話をしていなかったか。次世代の候補生にマルガリータがいたら、もし二人が出会ってしまったら、いったいどうなってしまうのだろう。

処刑間際に見た、透き通るほどに白い髪をたなびかせた黄色いドレス姿の少女が脳裏に浮かぶ。

「い、いやいやいや……ないでしょ。アルベルト様もアメリア様とあんなに仲がいいんだし、そもそも私の出る幕じゃないし……」

十七、八歳のマルガリータと二十六歳のアルベルト王子。年が離れていることから夢で見たあの風景のその後を想像するのをやめていたけれど、現在十一歳であるアメリアと十歳も年が離れた王子が婚約しているという事実を知ると、まさかという気持ちも生まれてくる。

「ない、よね？　アメリア様とあんなに仲良さそうだったもんね……そもそもアメリア様と婚約破棄しているわけじゃないし、マルガリータとはまだ出会っていないだろうし。公爵と王子、乳兄弟って言ってたし、そんな政治感覚がない人じゃないよね……」

なんだか急に心配になってきた。

私の知る王子は愛情深く、そして聡明な方だったはずだ。私が処刑された理由は分からないけれど、謀反がどうとか言っていたくらいだしきっと国の未来を憂慮した上での行動だったと思いたい。大丈夫と信じたい。お人好しと言われようとも、あの処刑には何らかの理由があったのだと信じたかった。

けれどあのマルガリータを抱き寄せていた風景が目の前をチラついて、わずかな信頼を揺らがせる。

どうしよう。繰り上げ試験なんてことになって、聖女候補生の中にマルガリータがいたら、出会ってしまったら、あの白い髪に王子が惹かれてしまったら、と悪い想像が止まらない。

次世代で飛びぬけて優秀と言われていた彼女がいれば、諸先輩を追い抜き早々に聖女に選ばれる可能性がある。彼女を除外してもらうにしても伝手もなければ確固たる理由もない。

奇跡的に彼女を除外したとしても、今度は次の聖女をどうするかという問題が発生する。ふさわしい者がいないとなれば、現聖女の任期が延びるか、あるいは聖女不在の期間が生じるか、いずれにせよ国の祭祀が滞り、国家としての体裁がよろしくないだろう。

聖女による祭祀が既に形骸化して久しいとはいえ、この国の精神的な支えとして機能していることには違いがないのだ。

しかし確かマルガリータはそれほど裕福ではない家の出だったはずだ。そうなると聖女に選ばれずもし候補生から外されたとすれば彼女の人生はどうなるのだろう。

考えても仕方ないことだと頭では分かっていても、思考が堂々巡りするのを止められない。すっかり頭の中が煮え立ってしまった頃、居間の扉をたたく音がして我に返った。

「エルネスタ先生。今ちょっとお話することはできるだろうか」

扉の外で公爵の声がする。

「はい！」

今行きます、と扉に駆け寄るが、壁にかかった鏡を見てはっと立ち止まる。

なんてひどい顔だろう。

化粧はすっかり剥がれ落ち、両瞼《りょうけん》はぼってりと腫れている。さんざん枕に顔や頭をこすりつけていたので、髪もすっかりぐしゃぐしゃだ。

いくら自分が見栄えを良くしない装いを好んでいるとはいえ、さすがにこれはひどすぎる。少なくとも雇用主たる公爵、そして男性に見せられる姿ではない。というか、この姿をフィデルに見られていたのか。

「うわ……最低だこれ」

使用人は異性のうちに入らないという貴族もいるけれど、少なくとも今の私にとっては公爵家の使用人、しかも公爵の従僕となればれっきとした異性の扱いである。とんでもない姿を見られた羞恥と、自分の情けなさとが次々に襲い掛かってきて顔が熱くなった。

「す、すみません。少し身支度させていただけますでしょうか」

言い訳がましく告げれば公爵が立ち去ってくれるかと思えば、待つと答えられてしまった。

大急ぎで剥げ散らかした化粧の上から粉を叩き、髪に櫛を通して首の後ろで一束にする。机に置きっぱなしにしてある眼鏡をかけて鏡を見ると、ものすごく急ごしらえながらなんとか燭台やランプの明かりの下であればごまかせる外見になった、ような気がする。

鏡を見てささっと襟元を直し、私は扉をそうっと開けた。

「お、お待たせしました……」

可能な限り手早く身支度を整えたもののそれなりに時間は経過している。あまりにも扉の外が静かなので、公爵が待ちくたびれて帰ってしまっていないかなんて不敬なことも考えた。

しかし恐る恐る部屋の外に顔を出すと、そこにはこれまた申し訳なさそうな顔をした公爵が立っていた。

「先触れも出さずに急にやって来てすまない。あの、少しは落ち着かれただろうか」

「いえ、あの、公爵様には大変ご迷惑を……。フィデルさんにも、お手を煩わせてしまって……」

あまりに恥ずかしくて歯切れの悪い謝罪をし、私は公爵を部屋に招き入れた。立ち話をして終わるつもりでもなかったらしい公爵は、素直に招きに応じて居間へとついてくる。卓にあった水差しから新しいコップに水を注ぎ勧めると、軽く会釈をして公爵は椅子に腰かけてそれを口に運んだ。

「お茶の用意もできておらず、申し訳ございません」

「こちらこそ、急に押しかけたようなものだから気にしないでいい」

コップから口を離した公爵は、もの珍しそうに室内に視線を泳がせた。いくらしっかり作られた離れとはいえ、豪華な母屋とは異なり調度品の類もそれほど多くはない。ただ居間に置かれた本棚と机の周りは、持ち込んだ本でいっぱいになっていて少し乱雑に見えるだろう。

こんなことならちゃんと片付けておけばよかった。お借りしている部屋を丁寧に使っていないように見えないかと心配になるが、公爵はそこには言及せずまたゆっくりと視線を室内に彷徨わせた。

「……この間の夕食の際も思ったが、本当に君は身の回りの物は必要なものしか持ってきていないんだな」

「え？」

「女性なら、誰しももう少し装飾品の類や化粧品、衣類のほかに調度品を揃えそうなものだが」

「あ、ああ、そういったものにあまりお金をかける性質ではありませんので。本やノート、あとはちょっとした実験器具があれば、衣類や化粧品は最低限でも構わないのです」

たくさんあっても、結局自分で使い切れないし片付けられないし。ハンナがいればまた別だったけれど、連れてきていないし公爵家のメイドさんの手を煩わせるのも申し訳ない。

そんな話をしようかどうしようかと迷っていると、公爵の目がこちらに向けられた。じいっと私の目を見つめるその黒い瞳は、燭台に灯された明かりの中で見ると本当に底が見えないほどに真っ黒に感じる。吸い込まれそうな深く強い色合いに、一瞬見惚れてしまい言葉が出なくなった。

「……理由を聞きに来た、と言えば君はどう答える？」

数瞬の間の後、公爵はゆっくりと口を開いた。

「理由？」

「君が今日、泣いていた理由だ。殿下に会ったせいか？」

思いもかけない公爵の強い口調に心臓がどきりと跳ねる。

「大学に行っていた君はまだ王城における社交の場に顔を出したことはないだろう。王にも、王子にも会ったことがないはずだ。そんな君を、不慮の出来事とはいえ事前の準備もなく王子に会わせてしまったことは申し訳ないと思っている」

「……え？」

「だがしかしだ。あのように泣き出すのは、今までの君の様子から言ってなかなかに異常な事態と思えた」

私から視線を外さない公爵の瞳が、すっと細められる。その瞬間、ぞわりと冷たいものが背筋を這った。

「単純に驚かせてしまったのであれば謝罪する。王族を目にして感激のあまり泣き出す者も、男爵家や子爵家の令嬢あたりであれば無くはない」

「あ、あの……」

「しかし君の場合はそれとは違うのでは？　例えば……」

王子に興味を持たせたかったたか。

そう言った公爵の声は驚くほど冷たいものだった。まるで氷の刃を突き立てられるような、全身の体温が奪われて体が硬直するような、そんな錯覚に襲われる。じわり、じわりと額に嫌な汗が浮かぶのが分かった。

何を、と言いたいが言葉にならない。違うけれど、違わないかもしれない。思いもかけず王子と出会い、感極まったと言えばそうだし思いが溢れてしまったといえばそうだ。しかし客観的に見れば貴族としての礼節を欠いていたと言わざるを得ない。

普通であれば一介の男爵令嬢がそんなことをすれば、父親である男爵は責任を問われ政治的な立場も危うくなるだろう。しかしその反面、王子にとっては強烈に印象に残る。非公式の、きわめて私的な場であればなおさらだ。

公爵は私が意図的にそれをやったと思っているというのか。

「ち、違います……そんな」

「我々男というものは、どうしても女性の涙には弱いものだ。大抵の場合はころりと騙される。君が殿下の気を引くためにやったというのなら、それは大成功だったよ。美しい銀の髪を持つ女性の涙に、王子殿下は大変強く興味をお持ちになった」

「こ、困ります！　そんなつもりは……！」

「来週あたり城で茶会でもするから顔を出せ、と直々の打診だ。どうだ。計算通りだったか？　言っておくが茶会など口実だぞ。君ひとりを呼び出すためのな」

今までにないほど強く、そして低く発せられた声音は公爵の冷たい視線とともに私の胸を射貫いた。そして王子が婚約者を差し置いて別の女に声をかけたということに、頭を鈍器で殴られたようなひどい衝撃を受けている。

嘘だ、あんなにアメリアと仲睦まじくしていたじゃないか。どうして、という疑問は言葉にならない。ぐらぐらする頭の中で、王子と寄り添い白い髪を靡かせる少女の姿が浮かんで消えた。

「計算などしておりません。茶会なんて、困ります、行けません」

「何を言っている。いいじゃないか、うまくやれば君は未来の王の妻にはなれずとも結婚までの恋人の立場を手に入れることができるかもしれないぞ。王族である殿下は俺よりはるかに権力も、財力もある。君が欲しいものは何でも手に入るだろう」

「そんなことは望んでおりません……！」

「ああ、結婚しても王の公妾の身分に収まることも可能だろうな。もちろん別れる際は殿下がその後の生活に困らないだけのことは取り計らってくれるだろう。しかも王の公妾ともなれば宮廷での発言力が増す。今よりずっとヴィックラー男爵も大きな顔ができるだろうし、悪い話ではないと思うが？」

「お断りするって言ってるでしょう！」

やけに饒舌に経済的なことや身分的な旨味をちらつかせた公爵に対し、私は思わず怒鳴ってしまっていた。選択されて投げつけられる言葉そのものより、口調、声音、そして公爵の表情の全てに私はザクザクと斬りつけられる。露悪的な表現はわざとなのか、それとも本心なのかが見えない。

前世の未来で見た王子の優しげな面影が脳裏をかすめ、もう一度あの笑顔を向けられたいと思わなかったかと言えば嘘になる。ぐらつかないわけがない。処刑の日までは確かにあの方を愛していたのだ。当たり前だ。

しかしその後の未来は絶対に回避したい。あんなひどい仕打ちをもう一度受けろというのはごめんだ。もちろん今からあの未来に繋がるとは言えないかもしれないけれど、処刑を避けるために、王子と会わないようにするために聖女の道を選ばず勉学に励んできたのだ。今更処刑の可能性を上げるほうへ舵をきるなどできる訳がない。

しかもなぜわざわざかわいいアメリアが傷つくことを私が選ばなくてはいけないのか。そんなことを実の兄が勧めたと知ったら、彼女がどれだけ傷つくことか。冷酷非道という前世の記憶を塗り替えるほど妹思いの優しい公爵と思っていたのに、とんだ見込み違いだったというわけか。

王子も王子だ。政治的に結ばれた婚約だろうと、かわいい婚約者に近しい関係の女を呼びつけて親しくなろうということがどれだけ彼女を傷つけるか。

私はぐっと唇を噛んだ。頭に上った血はなかなか降りてこない。理性と感情がぐちゃぐちゃになって折り合いがつかず、はけ口を求めて腹の中で暴れているようだ。それを押さえつけるように私は力いっぱい拳を握りしめた。両手のひらに爪が食い込んでぎりぎりと痛む。その痛みが、ブチ切れそうな理性をかろうじて引き留めている状態だ。

ふーっと細く長く息を吐き、そしてゆっくり吸う。大きく、深い呼吸を数回繰り返し沸騰し切った頭を冷やす方法は、大学時代にハンナと編み出した鎮静法だ。試験対策や学友の嫌味に爆発しそうになった時によくやったが、卒業した今になってもやる羽目になるとは思わなかった。

何回目かに息を吐いたとき、公爵と目があった。

いきなり怒鳴りつけたせいか、先ほどまでの冷え冷えした目つきは鳴りを潜めている。男爵家の娘という、身分で言えば何段階も下の者から叱責されるなど人生で初めてのことなのではないだろうか。

「改めて申し上げますが、お断りいたします」

静かに、しかしきっぱりと言い切る。公爵の目に信じられないものを見るような驚愕が混ざった。

王家との繋がりを拒否する女がいるとは思っていなかったというのか。それこそ馬鹿にしている。ふつふつとまた怒りが沸いてくるのを抑え、私は姿勢を正した。

「……い、いいのか？」

「もちろんです。公爵様、ご自身で何を仰っているかご理解されていますか？　アメリア様が聞いたらどれほど悲しまれることかわかりませんか？　兄上が自分の婚約者に別の女をあてがおうとしているなんて、実に酷い裏切りだと思いませんか？」

「裏切り……」

「そうです。貴方はアメリア様の兄君として、国王陛下の臣下として、王子の暴挙を止めるべきお立場の方じゃないんですか！」

　高ぶった気持ちのまま怒鳴りつけると、公爵の目がわずかに揺れた。

「そもそも私、先日も、今日も言いましたよね？　お金なんか日々暮らしていければいいんです。大学に行ったのは女性でも官吏任用試験を受けて文官になれると聞いたからです。この国では半端な貴族の娘なんて聖女になるか結婚して家に入るかっていう選択肢しかないんですよ。それが女の人生みたいに言われるのが嫌で、別のやりがいのある仕事をしたくて、だから大学に進学したんです。仕事がしたいんですよ」

「聖女？　聖女とは……」

「ああもう、物の喩えです！」

「あ、ああ……」

「それなのに今更また女という性別を使った役割に押し込められたくないんです。絶対にお断りです」

まくしたてているうちに感情が昂ぶり、またじわりと涙がにじんできた。父母を説得したときに散々こうやって自分が自立したいのだということを繰り返した記憶が蘇る。ただあの頃より頭に血が上っているのは確かだ。私は眼鏡を外して、手の甲で乱暴に涙を拭った。

この人は私の学業の成果を見てくれていたのではなかったのか。研究に興味を持って声をかけてくれたのではなかったのか、やっぱり女は女だと考えているのか。

父母の時とは違い、自分の考えに共感を示してくれたと感じていたから、だからそうじゃないと思い知らされると余計に悔しくて、悲しい。

「アメリア様だって虫や自然が大好きな、向学心がおありのお嬢様です。公爵家の令嬢としての義務や責任については理解していらっしゃいますが、本当はご自身のやりたいことや将来の夢もおありです。勉強していくうちにどんどんその夢が膨らんでいくかもしれません。ご婚約が成立したのはいつですか？　そこにアメリア様の意思はありましたか？家や国の都合で未来の王妃たれと押しつけているご自覚は公爵様にありますか？」

夢や本当に学びたい分野について話していたアメリアは、自身に課せられた責務を放棄しようとはしていなかった。でもそれを押し付けている側が配慮しないでいい理由にはならない。

「アメリアに、夢が？　あの子に……」

「前公爵夫妻は流行病で亡くなったと伺いました。アメリア様はそのような悲劇をなくすため、薬学について学びたいとおっしゃっていました。公爵様はご存じなかったんですか？　大切な妹君なんでしょう？　アメリア様のことをちゃんと考えて差し上げてください」

「……そんなことを、アメリアが」

「アメリア様や私だけではありません。同期の学友だった女子学生だって、みんな夢がありました。女がみんな女であることを使って権力を得ようとするなんて、思っていただきたくないんです。中にはいるかもしれませんし、そう考える女性を否定する気はありませんが、少なくとも私はそうではありません。自立がしたいんです。だから――」

相手が狼狽えて言葉が出ないうちに畳みかけるのは失礼にあたるだろうが、もうこの際だ。言いたいことを言ってやれという半ばやけっぱちの気分で話し続ける。公爵は怒りだすだろう、失礼だと断ぜられるだろうか。でももう止まらない。

しかし予想に反して公爵は私の顔を見たまま何度か瞬きをするだけで、叱責の声を上げることもなかった。揺れる瞳からはいつのまにか冷気が抜け、ただひたすら戸惑っているようだ。その目が伏せられると、公爵の頬に長いまつ毛の影が降りる。

その影がゆっくりと短くなっていくと、再び公爵と目があった。そこに現れた表情はとても苦いもので、何故かこちらの胸が痛くなる。

「……それは、本当に？」

ようやく開いた唇から発せられた言葉は掠れていた。言われているそれがどれのことかははっきりしないが、怒涛の勢いで投げつけた私の言葉の中に予想は入れても嘘は入れていない。

「本当です。何度も申し上げています」

「……そうか、では本当に君は……そうか、俺は君を酷く誤解していたようだ。やはり、あれは……」

「誤解？」

「いや、こちらのことだ。君の言い分はよくわかった。君に大変失礼なことを言ってしまったようだ」

ふ、と公爵は鼻を鳴らした。胸を痛くするほどの苦さではないものの、自嘲気味に浮かべた苦笑いはどことなく寂しさを漂わせている。

「いえ、こちらこそ大変失礼しました。わかっていただけたら、その、よかったです」

「給与の件も含め良かれと思ってしてきたことだが、どうやら俺の独りよがりだったらしい。アメリアの気持ちについても恥ずかしい話だが王妃になるのだから栄誉と思えと押しつけてしまっていたのかもしれない。夫の愛人くらい、王妃になるなら我慢するだろうと、ついつい男の政治を優先させてしまったようだ」

口が過ぎた、と謝罪をすると公爵は小さく首を振る。私の反撃でざっくりと傷ついだだろうに、叱られる雰囲気はまるでなくむしろこちらを気遣っている様子さえある。

お若いというのに出来た人だ、と素直に感心した。

身分の低い、しかも女の言うことなど右から左へ聞き流す男の人がほとんどだというのに、この人に私の言葉が届いたのだと思うと少しだけ嬉しい。それなのに、前世のあの時は聞く耳を持ってくださらなかった。それがどうしてなのかは今となっては分かりようもない。

ふうと息を吐いた公爵は、天井を仰いだ。そしてそれまでの苦い表情から一変して、少し困ったように眉を下げる。

「しかし王子が君を気に入ってしまったのは本当のことなんだ。あの方はどうも自分とは異なる髪色の女性に惹かれる癖があるらしくてな」

公爵は自分の黒く短い前髪を指先でつまんだ。王子のそんな好みについては初耳だ。でもそういえば昼間に会ったときもアメリアと私を並べて太陽と月だとかなんだとか言っていたっけ。お世辞でもなんでもなく、ただの好みの話だったのか。

「銀色も、金色も似たような色かと思いますが」

「好みの問題だからよくわからん。そもそも俺もこの黒髪のおかげで気に入られているようなものだ」

なるほど、と私は公爵の髪に目を移した。確かにアメリアの金髪とは似ても似つかない。高位の貴族は割と血が近い関係もあるのか、金かそれに近い髪色をしている人が多いことを思い出した。トレス伯の子息、エウゼビオもそういえば明るい髪色で、日に透かすと金色に近い色になっていたっけ。

そう考えると、公爵の濡れたような艶のある黒髪は珍しい部類だ。乳兄弟と言う間柄もあり、だから側近としてお傍にお仕えしているのか。あの気安い話し方、余程王子はこの方を気に入っているのだろう。

その王子の側近がううんと唸って腕を組んだ。

「茶会の件は断るにしても、何か理由をつけてまた呼び出されないとも限らないぞ。毎回断るわけにもいかないだろう」

確かにそれはそうだ。体調が悪いだの、忙しいだのを理由にしたところでそれは一時しのぎにしかならない。その気になれば王子は「命令」と称して公爵に無理強いをさせることもできてしまう。ついさっきまでなら王子に限ってそんなことはしないだろう、と思っていたのだけれど今となってはその信頼も危うい。

いや、むしろ欲しいものはどうあっても手に入れようとするんじゃないかという危機感も覚えている。

「……まあ、とりあえず来週の茶会については辞退の旨をお伝えしておこう。その後のことは今後相談――」

「いえ。行きます」

「何？」

公爵の目が見開かれた。怪訝な色を浮かべてこちらを見、そしてやっぱりという顔をしそうなところで私は首を横に振る。

「来週のお茶会をお断りしたところでまた次、と言われてしまう可能性があるんですよね。でしたら、一度ご挨拶にお伺いして私に対するご興味をなくしていただくほうが良いかと思います。その方が公爵様のお顔も立つでしょうし」

「それは確かにそうだが。興味をなくさせるって、どうやって」

「それは……どうしましょうか。染粉で髪の色でも変えてみましょうか」

そのほか、眼鏡のふちをもっと太くして顔を隠してしまうとか、いっそのこと茶会でお茶でもこぼしてやろうか、と考える。あまりやりすぎると男爵領のみんなに迷惑になってしまうかもしれないし、匙加減が難しい。

それに本当は王子に会うのは怖い。今日みたいに情緒がかき乱されるかもしれない。みっともない姿を晒したいわけではないし、アメリアのことを考えれば大人の態度を貫くのが正しいことだとは理解している。王子への信頼も、前世の頃を含め今までにないほど揺れている。

でも私の心に残る恋慕がある限り、ムードに流されないとも言えないところが情けない。何度も呼ばれてしまえば、危機感や恐怖より他の気持ちが勝る日がきてしまうかもしれない。

ううん、と考え込んでしまうと、公爵が大きくため息を吐いた。

「仕方ない。君を殿下に会わせてしまった責任もあるし、俺も同行しよう。いくら殿下といえども、婚約者の兄がいればよその女性に無体をすることもあるまい」

重くなった口ぶりは気が進まないことの表れであろう。私が公爵を見上げると、黒髪の青年は眉間に指をあてて しわを伸ばそうとしていた。

誘惑の茶会

レンバルト城は中央に城の象徴ともいえる鋭角に伸びた三角屋根を持つ塔を構えた、三つの宮からなる王の住まいだ。塔がある宮は王の謁見や公的な行事を行う部屋が集まっており、その両隣には王家の方々が暮らすビエナ宮、政治の中枢となる議会が招集されるイズクエラ宮が建てられていた。

茶会の招きに応じた私は、ビエナ宮の中にある庭園で天まで聳える塔を見上げていた。前世で聖女をしていた頃は、あの塔の一室が主な職場だった。朝に夕に、そして季節ごとに、しきたり通りに祈りを捧げていたことを思い出す。

そして今いる庭園は、王子に見初められた後によく手を引かれて歩いた場所である。色とりどりに咲く花や、きれいに刈り揃えられた鮮やかな緑の植栽が懐かしくも美しい。花の間を美しく大きな翅を羽ばたかせた蝶が舞い、かすかに聞こえる小鳥のさえずりと合わせるとここがまるで城下とは別世界の様に感じられる。

あの頃を思い出し、私は思わず隣に目をやった。しかし並んで歩いているのは金色の髪を持つ青年ではなく、黒髪の公爵だ。

王子の興味を削ぐために受けた招待に宣言通り同行してくれた公爵だったが、案内をしてくれる城の小間使いの背をじっと見つめるその顔は仏頂面だ。

よほど気が進まないのだろうか。一人で来ればよかったか、と思うけれど正直なところ流されない自信もないので一緒にいてくれるのは心強い。

終始無言のまま案内された東屋は、大理石を切り出して作られたものだ。屋根から続く柱も、そして床に設えられたベンチも元は一つの大きな大理石の塊だったのだと王子に聞かされたのは前世のいつ頃だっただろう。

「ユリウス・カイ・ヴォルフザイン、参りました」

東屋に着くなり、それまで黙りこくっていた公爵が口を開いた。私もそれに倣ってスカートを軽く持ち上げる。

「本日はお招きにあずかり光栄にございます、殿下」

できるだけ目を合せないようにしたい。それだけを考え、日光が遮られひんやりと涼しい東屋で私は既に腰かけているはちみつ色の髪を持つ青年に膝を曲げる。上半身が動いたからか、新調した太い黒縁眼鏡が鼻の上から少しズレた。

公爵も同行してくれた上、今日は覚悟をしてきたからだろうか。こうして近くに立っていても、公爵家で不意に顔を合せてしまっときのような動揺はない。ただ、真正面から顔を見れば気持ちが揺らいでしまうかもしれない。

「ようこそ、ヴィックラー嬢。ユリウスもよく来てくれたね。既にお集りになっている諸侯の姫君たちも、今日はゆっくりと楽しんで」

朗らかな、そして甘さを含む声音が耳に心地よい。覚悟とは裏腹に思わずぼうっとなりそうな自分に気が付き、私はスカートの上から自分の太腿をつねった。隣に立つ公爵はそれに気づいたのか、小さく咳ばらいをした。

意外なことに、というかいやむしろ当然のことというか。茶会に招かれたのは私だけではなかった。ヴォルフザイン家以外の公爵家や伯爵家の令嬢らしい女性が数人、他の椅子に腰かけて優雅に語らっている。夜会とは違うとはいえ王子の催す茶会だからか、どの姫君の装いも略式ではあっても競うように華やかなデイドレスだ。しかしお互いに見知っている間柄なのか、語らう姿にはリラックスした雰囲気が漂っていた。

正直なところ二人きりを覚悟していたが、しかしいくら何でも未婚の異性一人を招くことはないということだろう。私は拍子抜けした気分で、勧められるまま王子とははす向かいの大理石のベンチに腰かける。固いけれどひんやりとした大理石特有の感触が心地よい。公爵も会釈をすると王子の真向かいに腰を下ろした。

その際、きゃあ、と東屋の中から華やいだ声が上がった。声の方を見ると、どこのご令嬢だろうか、赤いドレスを着てふわふわの羽が付いた豪華な扇子で口元を隠した女性ともう一人が公爵の方をみて顔を寄せ合っている。

その声が聞こえた瞬間、公爵の顔が苦虫を噛みつぶしたように歪んだ。

「どうしたユリウス？　ご不満かい？」

「……別に」

揶揄うように王子は公爵の顔を覗きこむ。そして不機嫌そうなその表情を見ると、面白いものでも見つけたようにくくっと肩を揺らした。

「殿下、今日はそういう催しではないと……」

「いつものことじゃないか。君が来ると言うから、セサル伯のご令嬢も呼んだんだ。ルーベン伯のご令嬢はその付き添いってとこかな。彼女たちも楽しみにして来てくれたんだし、相手をしてやってくれよ」

「わざわざ呼んだのか？」

「普段の君がもっと彼女たちの相手をするか、あるいは誰か決まった相手を作ればいいのさ。逃げ回っているだけじゃ、あっちの期待が高まるばかりだぞ？」

ちっ、と公爵が舌打ちをした。非公式の場とはいえ王子の前で、と思うとこちらの身が縮む。しかし王子はそんな仕草すら面白がっているようで、声を上げて笑い出した。

「ヴォルフザイン公爵様、ご無沙汰しております――」

「お久しぶりでございます、公爵様」

王子の笑い声に釣られるようにやってきた令嬢二人は丁寧に膝を曲げた。気品が漂う立ち居振る舞いは、さすが伯爵家といったところか。赤いドレスを着た令嬢がセサル伯の姫君らしい。まっすぐな栗色の髪が艶やかに陽光を反射して、白い肌がさらに輝いて見える。

「これはこれは、セサル伯爵ご令嬢。ルーベン伯のご令嬢も。本日おいでになっていたとは知らず、失礼いたしました」

「先日は御前会議でご活躍だったとか。父が大変ご立派だったと噂しておりました。今日こちらにおいでになると伺ったので、ぜひそれをお伝えしたくて」

「恐縮です。セサル伯から見ればまだまだひよっこですので、今後ともお父上にはご指導いただければ幸い」

「先ほど殿下より、公爵様はご幼少時からこちらのお庭で殿下と遊んでいらして大変お詳しいと伺いました。よろしければ案内していただけませんか？」

ちょっと甲高い声の女性はルーベン伯の姫君だろう。話に割り込むように身を乗り出し、公爵とセサル伯令嬢を交互に見て同意を求めた。

ううん、と言葉を濁す公爵とは反対に、セサル伯令嬢はあらかじめそのつもりだったらしい。参りましょう、といかにも自然に公爵の前に手を伸ばした。さすがにそれを断ることは失礼と思ったのだろう。令嬢の手を取った公爵は渋々といった風に立ち上がって、王子と私に会釈をした。

「ちょっとご案内してきます。ヴィックラー嬢、悪いが少し席を外す」

「は、はい」

「ゆっくりしてきたまえよ。セサル伯の顔を潰すなよ？」

「すぐ戻ります」

卓を囲んだ私達にだけ聞こえる程度の声でそう告げると、公爵は令嬢たちとともに東屋を出て行った。セサル伯のご令嬢の手を下から掬い上げるように持ち上げ、一応は女性をエスコートしている形である。ルーベン伯のご令嬢は公爵とはセサル伯令嬢を挟んで反対側を歩いているところを見ると、彼女の今日の役割はそういうことなのだろう。

初夏に近い庭園は赤や黄色、そして薄紅の薔薇の花やダリアが妍《けん》を競うように咲いていた。王城の庭師の腕の確かさを表すように、樹木の緑と花の色合いのバランスが絶妙だ。どの花も見事な大きさである。特に中央の噴水に向かうアーチは、咲き乱れる薔薇で芯になっている鉄の部分がほとんど見えないほどだ。花と蔓だけでできていると言われても信じてしまいそう。

遠ざかる三人がその花の下をくぐった時、ふとセサル伯の令嬢の横顔が見えた。頬をうっすらと赤らめ、満面の笑みを浮かべたその顔は美しく、恋しい人と会えた喜びにあふれているようだ。対する公爵はといえば、こちらには背中しかむけていないのに早く帰りたそうな雰囲気を漂わせていた。女性が一歩近づけば一歩離れ、女性が離れれば元に戻るといった微妙な距離の取り方をしている。

なるほど、と私は一人納得する。公爵がこういった集いに気が進まないといった理由がよくわかったからだ。

なんのかんの言ったところで、ヴォルフザイン公爵は独身で、いまのところ婚約者がいるという話は聞いたことがない。はちみつ色の髪や柔らかい陽の光のような雰囲気の王子とは正反対ではあるが、黒髪で端正な顔立ちなどを魅力的に思う女性も多いだろう。あと、単純に若くして公爵になり、そして王子――次期国王の最側近という立場もある。

高位の貴族の結婚は家同士の約束事であるし、色恋だけでは語れない政治的なものではあるが、令嬢たちだってどうせなら好みの男と結婚したいと思って当たり前だ。その絶好の相手、という訳だろう。

ふうん、と私は背の高い公爵の後ろ姿をみて頷いた。なるほどなるほど。で、今日のお相手であるセサル伯ご令嬢が目下のところ婚約者候補の筆頭というところか。綺麗な人だし、伯爵令嬢という身分からいっても何も問題がないだろうに、一体何が不満なんだろう。

まあアメリアがいるから、あの子との相性も大事にしているのかもしれない。王子の婚約者であるとはいえまだアメリアは十一歳で、輿入れには早すぎる。あと数年は公爵家での暮らしが続くだろう。セサル伯令嬢は華やかで美しい人だけれど、アメリアを妹として可愛がってくれる人だろうかというところも考えないといけない。いや待て、あのご令嬢、御年はいくつだったかな。変なしがらみ込みで政略結婚して、足枷を着けられたら公爵も面白くないだろうしな。

なんて頭の中でこっそり会議をしていた時だ。

「ヴィックラー嬢は、こういう社交の場は初めてだそうだね」

はす向かいから懐かしい声がかかった。はっとして目を瞬かせると、卓を挟んでいたはずの王子の顔がすぐ隣に来ていた。公爵が行ってしまってから席を移動したのか、思わず辺りを見渡した私の胸がどきりと跳ねる。

いつの間にか東屋には私達しかいなくなっていたからだ。

半円を描く東屋の屋根の下にはあと数組、若いどこぞのご令嬢たちがいたはずなのにその姿が見えない。あれ、と思うと幾人かの後ろ姿が、庭園の樹木の向こう側に行ってしまうのが目に入る。それと入れ替わるように、給仕係だろうかメイド姿の女性がワゴンを押してやってきた。

一瞬まずいと身を固くしたけれど、給仕係とはいえ他の人が来てくれるなら問題ない。私も他人の目があれば取り乱すこともないだろうし、仮にも王子だし、婚約者がいる人だし、アメリアの話をすれば私から興味が外れるだろう。

ゆっくり二回、小さく深呼吸をして王子に会釈すると彼は満足そうに頷いた。

「大学はさぞ忙しかったんだろうね。しかも卒業してユリウスのところで仕事をするなんて、気疲れも相当だろう？　今日のお茶はとても良い香りがするものを準備させたんだ。気に入ってくれるといいけれど」

「お気遣い、ありがとうございます。公爵様にも大変よくしていただいておりますので、気疲れなんて、そんな」

「遠慮することはないよ。今日はゆっくり君と話したくてユリウスにも無理を言ったんだ。お休みのところわざわざ来てくれてありがとう。この焼き菓子も、君の口に合うといいな」

「あ、ありがとうございます」

私は王子に進められるまま、卓上に出された焼き菓子に手を伸ばした。一つつまむと思いのほか軽い。口に入れて歯を当てると、ほとんど抵抗がないままほろほろと崩れて溶けてしまった。

とても甘い。砂糖を何かで固めたものだろうか。焼き菓子というからには、小麦も混ざってるのかな、などと気がそれる。試しにもう一つ、と手を伸ばすと隣の王子がふふっと笑った。

「おいしいかい？　そればかり食べていると口の中が甘ったるくなってしまうから、お茶も一緒に飲むといいよ」

「あ、はい……」

食い意地が張っていると思われただろうか。急に恥ずかしくなった私は茶器を手に取った。

王城の給仕係の女性が音もたてずに注いでくれたお茶は、ひんやりとした東屋のなかで白い湯気をくゆらせている。甘い香りにほっとして、私は会釈をしてからそれに口を付けた。

なんだろうこれは。飲んだことがないはずのお茶だったのに、鼻に抜ける風味には覚えがあった。昔、いや昔ではないこの世界とは違う未来で、私はこのお茶を飲んだことがあったのかもしれない。ついと目を上げて王子の方を窺えば、微笑みをたたえた顔が頬杖をつきながらこちらを見つめている。

刹那の間、今の視界に映る全てが前世の風景と重なった。

懐かしさのあまり眩暈がする。目頭が熱くなり、私はそれをごまかすためにまた茶器に唇と近づけた。

立ちのぼる湯気が眼鏡を曇らせてくれれば表情もごまかせる。ごまかしてほしかった。しかし王城の給仕は注ぐ際のお茶の温度を飲みやすい状態に調整していたのだろう。飲み込むふりをして茶器の中にいくら顔を近づけても、思ったように眼鏡は曇らない。

これでは何のためにここに来たのか分からない。王子の中から私への興味を失わせようと思っていたのに、私の中の王子がそれをさせてくれない。むしろ、このまま懐かしい思い出に浸りたくなってしまう。

「そんなに気に入ったのかい？　お代わりはいくらでもどうぞ？」

「え、ええ……とても、おいしいお茶で、つい……」

これ以上は不審がられる。慌てて茶器から口を離すと、王子はまた面白そうなものを見たようにくすくすと肩を揺らした。

「じゃあ帰りに茶葉を包ませよう。交易品の中にあったものなんだけれど、うちの者たちの口には合わなかったみたいだから気にしないで。甘い香りだから、女性は好きだろうと思ったのは大正解だったね」

頼むよ、と王子は給仕の女性に向かって顔を上げる。良く訓練されている給仕係は、王子の願いに深く一礼してお湯の入ったポットをワゴンに置いた。そしてさっと踵を返すと、物音ひとつ立てずに東屋から下がっていく。厨房にお茶を包みに帰るのか。

「ありがとうございます。アメリア様もきっと、こちらをお好みになると思います」

顔を見たら揺らぐ。私はなるべく王子と顔を合せないように、卓の上で深く頭を下げた。

「アメリアにも飲ませてあげて。でも彼女はまだお子様だからね。ミルクや、はちみつがいるかもしれないいな」

それもいくつか持たせよう、と王子は続けた。

「そうそう、アメリアといえば、君は彼女の家庭教師なんだった。何を教えているんだい？　虫？」

「いえ、虫や自然の観察はその一部です。初等学校の内容を主に行っております」

「初等学校かぁ。アメリアは人見知りが過ぎて、教室に入れなかったんだったな。私の前ではそんな素振りも見せないけれど、あまり人見知りだと先が思いやられる」

アメリアの授業の話であれば仕事も同然だ。これなら、と私は顔を上げた。人見知りと言われる彼女ではあるが、好奇心と向上心の塊のような少女である。しかし彼女自身はそんなことを自分の口から王子に伝えることはないだろう。その辺をきちんと話さなくては、と半ば使命感に駆られた形だ。

「しかし大変勉強に熱心です。早くにご両親を亡くしていらっしゃるせいか、流行病に対する懸念や薬学に対するご興味が強いようで、自然科学に対しては熱意をもって学ぶ姿勢が見られます」

できることならそういった方面に進ませてあげたい、というのは近しい関係だから持つ気持ちだろう。そうできないのは彼女の立場から言えば当然なのだけれど、若いうちは興味のある分野を十分にと言いかけたとき、東屋の中で王子の笑い声が響いた。

「で、殿下？」

笑い声にも感情が乗る。好ましく思っている笑い声、面白く思っている笑い声もあれば、侮っている笑い声、感情が高ぶっている笑い声もある。私の耳に聞こえたそれは、決して好意的な印象ではない。

やや嘲りの色を含んでいるように感じる王子の笑い声に、私は次の言葉の糸口を見失った。

「流行病？　薬学？　それはまた、大層な……」

「え、ええ……とても、向上心が――」

「学ぶ意欲は素晴らしい。でも、王妃に求められる教養ではないね。おまけに虫が好きとは風変わりで困る」

何がそこまで可笑しかったのかと思うほど大きな口をあけて笑っていた王子は、一瞬で真顔になった。きっぱりと否定の意を示したその言葉は冷たく、ざくりと私の胸に突き刺さる。

「彼女に必要なのは血筋と美しさと、そして社交の技術だよ。王妃になるために礼儀作法や音楽や詩吟、あとは外国語をたくさん学んでもらわなければいけないな。なんならこちらからそういった先生を派遣してもいい。むしろそっちを重点的にやっておいてもらいたいものだね」

「い、いえ、まだ初等学校の内容も終わっておりませんので……」

「諸侯の子息が学ぶ内容なら彼らに任せておけばいい。王妃や高貴な女性はもっと別の教養が必要なんだ。そちらもしっかりアメリアには学んでおいてもらわないと」

なんだろう。私は信じられない気持ちで王子の顔を見上げた。

この国では近年、女性の教育や社会進出を推奨していたのではなかったか。男性と同じように物事を学び、そして社会のために働くのを認めてくれたのではなかったのか。地方の田舎貴族や中央の頭の固い年寄りならまだしも、公爵と同じ年の王子がなぜそんな女性を軽んじた物言いをするのだろう。

こんな人だっただろうか。

私が聖女だったころも女性には本当に配慮があって優しくて、仕事を終えた私にもよく気づかいをしてくれた方だった。それなのに、なぜか今のこの人からは、女性を軽んじた空気を感じてしまう。それともあの頃の私がもの知らずなだけだったのかもしれない。

私が聖女ではない人生を歩みあの頃とは異なる価値観を持っているということは、この人もまた、あの頃とは全く違う人なんだろうか。

「ユリウスはそこらへんが分かっていない。全く、いくら妹がかわいいからって甘やかしすぎだ。兄なら、そして公爵を名乗るなら妹に貴族の女性としての立ち居振る舞いも仕込んでもらいたいものだね」

「そうでしょうか……まだアメリア様は十一歳です。強い偏りがなく様々なことにご興味をお持ちなのは良いことですし、王妃となられた際に科学や技術の進歩へお力をお貸しいただけると、さらに国が豊かになるのではないでしょうか」

私の戸惑いなどお構いなしに王子は公爵の態度にも言及した。甘やかしすぎというのはなんとなく分からなくもないけれど、兄一人、妹一人の家族だし年も離れているし、溺愛したっていいじゃないかという反発心もむくむくと頭をもたげてくる。少なくとも勉強したいという意思を邪魔しない、いやむしろ応援している公爵がとてもいい人に思えてくるから不思議だ。

しかし王子は違うらしい。やっぱりこの人もアメリア個人の意思など関係なく、王妃たれと価値観を押し付けるのだろうか。

「女性の社会進出が進められている今、王妃様となられる方が率先して学問をなさる姿を見せることは、国民にとっても大切なのでは――」

納得ができないまま話を続けると、王子はなるほどと言って頷いた。

分かってくれたか、と思った。でもそれはほんのつかの間のことだ。卓の下で膝に置いておいた手に、ふわりと何か温かいものが被さったのだ。

柔らかく温かい何かが私の手の甲を包み、そしてゆっくり撫でられる。王子の手だ。そう気が付いた瞬間、私は息を飲んだ。

「君は確かに先進的な女性だね。女だてらに国の将来について議論するのも興味があるらしい。賢い女性と話すのはいい刺激になるよ。是非、もっと話を聞きたいものだね」

私の動揺などまるで意に介した様子もなく、王子がこちらに身を寄せてくる。大理石のベンチは座面の奥行きは狭いけれど幅だけはある。さっと腰をずらして王子から距離を取ろうとしたけれど、偶然か、それとも見透かされていたのかベンチの上で広がったスカートの端が王子に太腿に踏まれていて思うほど離れられなかった。

「……え、ええ。アメリア様も交えて、是非……」

「なんで？　あの子がいたら、僕にも君にも、都合がよくない。そうだろう？」

「いえ、そうではなく……」

せめてもう少し離れたい。踏まれたスカートをついっと引っ張ってみるがびくともしない。もう少し、もう少し、と思っているうちに王子はさらに身を寄せてきた。

気が付くと、王子とは髪が触れ合うほどに近くなっていた。手を掴んでいる方とは逆の手が私の頬に触れ、あ、と思うと目を覆っていた黒縁の眼鏡が外される。

障壁がなくなった目の前に、王子の青い瞳が近づいてきた。じいっと見つめられて胸が高鳴るのは、緊張なのかときめきなのかわからなくなる。

「いい目だ。理性的で、芯が強そうで。隠しておくのはもったいない。髪の色といい、なんて僕好みなんだ」

「お、おやめください」

思わず顔を背け身じろぎすると王子は私の頬に手を当て、無理やり自分の方を向かせた、その一瞬の行為に、ぞわりと悪寒が走る。

モノ扱いされた。直感的にそう思った私は両腕を王子に突き出した。

しかし所詮はこの数年勉強しかしてこなかった女の力だ。王族でそれほど体を鍛える必要のない王子とはいえ男性の腕力にはかなわない。伸ばした腕はいともたやすくからめとられ、王子の手によってベンチに縫い留められた。

「やめて……！」

「菫の色だね。美しい色だ。陽の光が当たらない場所では、一体どんな色になるのかなぁ？　ユリウスから聞いているだろう？　僕は君が欲しくて今日の茶会を催したんだよ。来てくれたってことは、君もそういうつもりだということだろ」

ぐいっと顔を近づけられのけ反ると、私の身体は大理石のベンチにあおむけに転がってしまった。スカートを踏まれて下半身が動けなかったせいか。まずい、と思って目を開けると東屋の天井を背景に王子の顔が迫っている。

「ま、待って！　おやめください……！」

こんなことなら筋肉をもう少しつけておけばよかった。せめてもの抵抗で足をバタつかせたけれど、それすら王子にとっては小動物が暴れているようなそんな感覚だったんだろう。唇を吊り上げて含み笑いをするその顔がどんどん近づいてくる。

いざとなったら頭をぶつけて逃げるか、でもさすがにそれをやったら父母まで何かの罪に問われてしまうかもしれない。でもこのまま言いなりになるのは避けたい。であれば徹底抗戦しかないけれど、大暴れして王子に怪我でもさせたらそれこそ処刑されてしまうかもしれない。

なんだっていうんだろう。せっかく処刑の未来を回避したというのに、ノコノコとこんなところに来てこんな目に遭うなんて。学習能力がない自分がほとほと嫌になる。ああもう、と悪態をつきかけたときだ。

それまで熱のこもった視線でこちらを見ていた王子の目に冷静さが戻り、顔を横に向けたのだ。その先にいたのは眉根にしわを寄せたヴォルフザイン公爵だ。

公爵はため息を吐くと王子の肩に手をかけ、ぐいっとその体を引き起こした。

「困ります、殿下」

王子を起こした公爵はそのまま私の身体も抱き起こしてくれて、そして乱れた髪に手を伸ばした。気遣うように触れたその指先に、少しだけほっとしてしまったのかわずかに目頭が熱くなる。

「……なんだい、ユリウス。セサル伯のご令嬢たちを放っておいてはだめじゃないか」

お楽しみを邪魔された、とでも言いたげな表情で王子は鼻を鳴らした。そうだ、ご令嬢たちはと東屋の外を見渡すが、既に彼女たちの姿は見えない。セサル伯やルーベン伯のご令嬢以外にも何人もいたはずなのに、一体どこに行ったんだろう。そういえば給仕の女性も帰ってこない。

「あちらに珍しい花があるとおっしゃって、皆さん連れ立って行かれました。放り出したわけではございません」

まさか、みんな王子の思惑を知っていて加担したのか。

「今からでも遅くない。君も見に行っておいでよ。そして今夜はセサル伯令嬢と食事でもご一緒してはどうかな？」

「そのご提案は辞退しますよ。殿下」

「なんだ、それは彼女もさぞ残念がるだろうなぁ。僕の方はぜひヴィックラー嬢をお誘いしたいんだけれど」

肩を竦めてうそぶく王子は私に向かって同意を求めた。

いやいやいやや、お断りです。絶対行きません。無理です。ふるふると激しく首を横に振った私を見た公爵は、また大きくため息を吐いた。そして天井を仰ぎ、うん、と小さく呟くとおもむろに私の腰に手を回した。

「こ、公爵様？」

びっくりして固まる私の耳元で、話を合わせろと公爵が低い声で囁いた。

「ヴィックラー嬢はご遠慮しますとのことですよ。そうそう、殿下には一つ、お断りしておくことがございます」

「断り？　何？」

いきなり自分の目当ての女を抱き寄せた公爵に、王子が怪訝な声を上げた。それまで穏やかな、それでいてどこか余裕そうな雰囲気を漂わせていた青年の顔に苛立ちが見える。

「ヴィックラー嬢は私との婚約が控えております。むやみにお手を触れないよう、お願いできますか？」

「……は？」

何を言い出したのか理解が追い付かず間の抜けた声を上げた私の脇腹を、公爵の拳が小突いてくる。

これか。これに話を合わせろというのか。でもいくらなんでも無茶ではないだろうか。相手は王子だし、しかも今の今まで公爵と私が婚約するなど、どこのうわさでも出ていない話だ。

「それは本当かい、ヴィックラー嬢」

案の定、めちゃくちゃ疑った目で王子がこちらを見ている。質問の体ではあるが、実質「嘘だろ」と言っているのが丸わかりだ。

しかし公爵はそれを通すつもりなのだろう。私の腰に回した手に力を籠め、放してくれそうもない。見上げた先にある公爵の顔は笑顔を浮かべてはいるものの、こめかみには青筋が浮かんでいる。これは相当に怒っているらしい。

そりゃそうだ。大事な妹の婚約者が、白昼堂々、自分もいる庭園で浮気に及ぼうとして

いたのだから。これを下手に否定したら、私自身の雇用契約も切られかねない。

私は大急ぎで、まるで首振り人形のように高速で頷いた。この際、嘘でも方便でもなんでも乗ろう。その後のことはまた今度考えよう。

「は、ハイ本当です、そうなんですっ。実はこの度、公爵様とっ、えっとご縁がありましてっ！」

「殿下には正式に決まってからお話しようと思っていたんですがね。ご厚意とは存じますが、これ以上このような席を設けていただくのも心苦しいですし、他のご令嬢に妙な期待をされても申し訳ないと反省したんですよ」

な、と公爵は私に微笑んで見せる。冷静を装っているけれど、わずかに口元が引き攣っているのが怖い。王子はふうんと鼻を鳴らした。

「それはおめでたい話だ。国中のご令嬢たちの涙で海があふれてしまわないかな。でもまだ正式な婚約には至ってないんだろう。だとすれば――」

意味深に言葉を切る王子の目が、私の方をちらりと向いた。青い色の中に、ほんのわずかだったけれど別の色が混じって妖しい光を放っているように見える。さっき感じた悪寒がまた蘇り、私は思わず隣に立つ公爵の服を掴んでしまった。

小さな動きだったけれど何か気が付いたのかもしれない。公爵はさっと私の手に自分の手をかぶせた。

「近々国王陛下にもお話をする予定ですよ。さて、ヴィックラー嬢の顔色が少し優れないようだ。そろそろお暇させていただきたい。大丈夫か、エルネスタ」

は、と私は耳を疑った。いくら公爵という高い身分の人であっても、いくら雇い主とはいっても、名前で呼ぶことなど許した覚えがない。

けれど低い声で気遣うように名を呼ばれ、心地よさを感じてしまうとともに不覚にも胸が高鳴ってしまった。それに気が付くとだめだ。一気に頭に血が上り、頬や耳まで熱くなってくる。まともに公爵の顔も見ることができず、私は顔を伏せてしまった。

「それはいけない。公爵の屋敷で会った時もそうだったね。今度滋養によいものを差し入れるよ。良い医者を紹介してもいい」

「お気遣いありがとうございます……」

王子が気遣う風の言葉を寄こしても、公爵への気恥ずかしさが勝って顔があげられない。申し訳程度に頭を下げるのが精いっぱいだ。

「ご配慮、痛み入ります。では」

そう言って頭を下げた公爵は、王子をその場に残したまま私を引き摺るようにして東屋を後にしたのだった。

エピローグ～偽りの愛に溺れる序章～

「と、いうことでだ。俺と君は婚約することにしよう」

挨拶もそこそこに王城を後にし、屋敷に戻った公爵は屋敷の離れにある私の部屋へ着くなりあっけらかんと言い放った。

「ちょっと、それ冗談じゃなかったんですか？」

突拍子もない申し出に、思わず素の声が漏れる。

「いや、今日改めて思い知った。アメリアのことを考えれば、殿下に女性を紹介しようとした俺が間違っていた。それにこれでも君にも悪いことをしたと反省しているんだ。君も俺と婚約をしたとなれば、殿下もおいそれと君に声をかけることはしないだろう」

ああ疲れたとでも言わんばかりに、公爵は首元のタイを緩めた。

「待ってください。そんなことしたら」

「この先、俺が殿下に叱られるかもしれんが、まあ気にしないでくれ。怖い思いをさせた上、先日失礼なことを言った詫びだ」

「詫びなんて……いえ、待ってください。それはフリですよね？　公式に婚約するわけではないですよね？」

「噂を流すだけでもいいのかもしれないが、万が一王子がそれを気にせず誘ってきたらどうする？　君は断れるか？　と考えると、ここは正式に婚約をするほうが得策じゃないか？」

う、と私は言葉に詰まる。身分を盾にされ王子に関係を迫られたら、そりゃ一介の男爵家の娘ごときに逆らえる話ではない。それはそうなのだが、納得がいかないじゃないか。

「それはその。でも、待ってください。今日のことについてはお助けいただき感謝しています。でも私、つい先日結婚はしたくない、自立したいって言ったばっかりですよね？　そもそも私、結婚にもあなたにも興味がないって――」

「それはそれとしてだ。俺は君に興味が湧いてるよ。君の考え、君の夢、どれもが興味深い。それに君がどうして度の入っていない眼鏡をかけているかも気になるね」

するりと公爵が私に顔を近づけた。新調した黒縁眼鏡は王子に取られてしまっていて、何の障壁もない視界にまっすぐ公爵の瞳が飛び込んでくる。その瞳の色に、エルネスタと名を呼ばれたときの声が重なったような気がして、私の胸がどきりと跳ねた。

公爵はそんな私の困惑を知ってか知らずか、体を戻すと胸の前で腕を組んだ。

「それにな、今日見た通り、俺の方にも最近かなりの圧力がかかっている。二十を過ぎて婚約もしてない、独身貴族となると方々から望まぬ縁談が舞い込むわけだ。そろそろ身を固めろと国王陛下にも言われる始末」

「……そりゃ、そうでしょうね」

身分も高く、経済力もあり、見目麗しく、将来性もあり、そして独身。こんな優良物件、引く手数多に違いない。庭園ではしゃいだ声を上げていた令嬢たちも、王子に言われたからではなく本当に公爵との縁を求めてきていたのではないだろうか。

でもいくら美しい娘たちであっても、押し付けられたら逃げたくなる気持ちも分かる。上昇志向でうまい汁を吸おうとやってくる連中だけではないだろうけれど、ひっきりなしに縁談を持ち込まれたら嫌気がさすだろう。

だがしかし。だがしかしそれとこれとは話が別だ。

「俺としては経済力や身分に惹かれた好みでもない娘に言い寄られても困るし、かといって政略結婚で足枷を着けられるのも面白くない。夜会の度によく知りもしない貴族の娘と踊るのも面倒だ。けれど、婚約者がいればそれも避けられる。君も王子やほかの男から不本意な求婚をされることがなくなる。ほら。利害は一致していないか？」

「え……ええ、まぁ……そうとも言える、かも……？」

にやりと何か企んだように、公爵は口角を持ち上げた。いたずらっぽいその笑顔に今まで大人びて見えた彼の様子とは違う、年相応と言えば年相応のやんちゃな一面が垣間見える。

利害は確かに一致する……のかもしれない。当面の間、王子からの盾になってもらえるならばそれも悪くない。場合によっては実家からの「結婚しろ」という圧力も減るかも、いや、恐れ多くて両親は信じてくれないかもしれない可能性は高いけど。

けど、けど。

結婚したくなくて自立したいという私の意思はいったいどうなってしまうんだろう。ていうか、「婚約のフリ」だよね？　本当にするわけじゃないよね？

恐る恐る公爵を見上げると、おかしそうに私を見て笑っているその目と視線が合う。

「俺と君、両方の利益を守る方便だと思ってもらえばいい。とりあえずは噂が流れれば牽制にはなるだろう。ほとぼりが冷めたら解消すればいいし、なんだったら本当にそのまま結婚してもいいが」

「それはご遠慮申し上げます！」

夕暮れの赤い陽の光が入ってくる室内で、燭台の灯りが揺らいだ。

偽装婚約って、何か罪になるんだっけ。バレたら親戚一同ががっかりするだけじゃすまないのでは？

——明日になったら図書館で法律関係の本を片っ端から借りてこなくては。私はにやにやしている公爵を横目に、そっとこめかみを指でほぐしたのだった。

書き下ろし番外編

従僕・フィデルの憂鬱

フィデルは困惑の極致にいた。

彼は常日頃から高貴な身分であるヴォルフザイン公爵の側近として冷静かつ沈着たれと自身に課しており、初等学校前から続く主従関係に恥じることなく仕事に従事してきた。——と思っていたし、これからもそうするつもりだった。

主も頭が切れ、そして高貴な身分に慢心することなく自身の研鑽に励む、自分が仕えるに値する人物であると信じて今までやってきた。理不尽なことは言わず、早くに父母を亡くして最年少で爵位を賜ったというのにそれを鼻にかけることもない。屋敷の使用人にも十分目配りをしている公爵は、フィデルにとって自慢の主である。

この関係は初等学校入学直前から、十年近くたった今も、そしてこの先も一生続くもののはずだった。

「本気で言っているのか、ユリウス」

「何か問題でも?」

「問題……」

大ありだろう、と言いたいがその実、取り立てて問題になることなどない。ただ自身が納得できない、それだけのことだ。

二人きりの執務室。公爵は執務机に向かい、ぱらぱらと領地に関する報告書をめくりながらペンを取った。いつもなら報告書に決裁のサインをする間その内容についての何かしらの討論を持ち掛けられるのだが、今日の公爵は紙面に目を落としたままだ。

長い付き合いだ。何か企んでいることは分かる。公爵の白々しい態度に苛立ったフィデルは、執務机に両手をついて身を乗り出した。

「先代も先々代もあまり付き合いを持っていなかったヴィックラー男爵家の令嬢について調べろなんて、しかも極秘にって、一体どういうことなのか俺には説明くらいあってもいいだろう？」

「俺が知りたいからっていうのは、理由にならないのか？」

ぞんざいな口をきいたところで罰せられることもない間柄の主が、書類にペンを走らせたままフィデルの方を見ずに答えた。

「主のご希望を叶えるのが従僕の仕事でございますよ、閣下。しかし仕事の目的があいまいでは得られる結果に大きな差が生まれないとも限りません」

わざと慇懃な口ぶりで返すが、公爵はふんっと鼻を鳴らすだけだ。

「付き合いと言えば先日あった新年の祝賀会で男爵に会ったし、挨拶もした。これで知らん仲ではないぞ？」

「お前……下手にそんな動きを見せたら勘違いする奴らも出てくるだろう」

フィデルの主は見目麗しく、高等学校を卒業し爵位を賜ってからというものあからさまに縁談の数が増えていた。公爵自身は妹が成長し王子に嫁ぐまでは独り身を貫くつもりで、どの話についてもはぐらかしたりやんわり断ったりしているが、一人の令嬢に興味を示したとあればあらぬ噂が立つだろう。

大切な幼馴染で、友人で、そして有能な主である公爵に好きな女ができたのなら応援してやりたい。が、それも公爵家や伯爵家、あるいはよその国の王族など高貴な女に限る。男爵家の、しかも小さな領地しか持たない木っ端貴族の娘などは論外で、噂にすらなって欲しくないのが本音である。

しかしそれでも好いたというのであれば協力は惜しまないくらいの忠誠心はあった。それを疑っているのか、それとも何かほかの思惑があるのか。そうであってもなくても、何でもいいから相談してほしかった。公爵の分身ともいえるはずの自分に秘密にしていることがある様子が気に入らない。

あ、それとも何か。その木っ端男爵の娘から言い寄られて困っているということか。だとすればなんと無礼なことだろう。身分違いも甚だしい。地位か、財産かを狙ってくる卑しい女なのであれば、どんな手段を使ってでも排除しなければいけない。そんな女に主が興味を持つことすら腹立たしい。

フィデルは公爵が見ていないのをいいことに、むすっとしながら唇を尖らせた。

「だからお前に命じているんじゃないか。しかも内密に」

「だが……」

「だが、なんだ？　公爵の従僕の仕事ぶりはそんなに雑なのかな？」

「ざ、雑に仕上げた仕事などお見せしたことはありませんね」

「でもこの仕事には自信がない、そう言いたいのか？」

ペンを止めて公爵がフィデルを見上げた。売り言葉に買い言葉である。挑戦的な瞳はこちらを煽っているとはわかっていても、その奥にある信頼には応える以外の選択肢を持たないフィデルである。せいぜい小さな舌打ちで抵抗するくらいしか術がない。

「どうやら男爵令嬢は王立大学に在籍しているらしい」

「大学に？　なんでそんなところに男爵令嬢が？」

「それを調べるのがお前の仕事だ。できるな？」

「……承知しました」

従僕はそう言って苦々しく顔を歪めたのだった。

王立学校は随時見学者を受け入れているため、卒業生でもあるフィデルが大学に入り込むに何の苦もなかった。たまの休みに母校を訪れるフリをして門をくぐった従僕は、胸に懐かしい思い出が蘇るのを感じた。

彼が王立学校に通っていたのは初等学校と高等学校の時分である。主であるユリウスと最後に机を並べて学んだのは三年ほど前か。今でこそ主従の線引きを（たまに崩れるが）きっちりと引いているフィデルだったが、同級生だったころはもっと砕けた間柄だったのを思い出すとますますそれが懐かしい。

あの頃は隠し事などなく、お互いに競い合いながら学業に励んでいたものだ。どの教科もまんべんなくできる公爵に比べて、フィデル自身は体を使った教科と歴史や地理という教科が得意だった。総合では全くかなわない成績ではあったが、一度だけ歴史で満点を取った時は次点の主が心底悔しそうにしていたっけ。

そんなことを思いながら学長室を目指し大学の敷地に入ると、敷地内の違和感にフィデルは足を止めた。自分が高等学校に行っていたときに見えていた景色とは華やかさが違う。なぜか、とあたりを観察するとその原因はすぐに知れた。

「……女子学生の数が増えたんだ」

フィデルが高等学校に在籍していた時よりずいぶんと女子学生が多い。割合としてはまだ男子学生の数が圧倒的に多いが、周りを見渡すと全て男子という状況だった頃に比べれば大きな変化である。特に大学に入る女子は成年に近いため余計に華やかだ。

学長室への道すがら、中庭に向かう女子学生の一団とすれ違った。艶のある黒髪の少女もいれば、栗色の髪をなびかせている少女もいる。どの女子学生も理知的で意欲的な表情をしている。

この中の誰かがヴィックラー家の令嬢だろうか。そう思ってつい振り返ったフィデルの鼻に、風に乗って運ばれてきた甘い香りが届く。

——いかん。仕事中だ。

従僕は呆けそうになってしまっている自分に気が付き、拳でわき腹を殴る。じいんと響く痛みに正気を取り戻した気分になるが、彼女たちの後ろ姿はまだ脳裏に焼き付いている。

年若い女子の魅力にまんまと取り込まれたまま、ぼんやりと石畳の通路を歩いていたせいだろう。がつっとつま先に盛りあがた石畳が引っかかり、フィデルの身体は大きく前に倒れ込んだ。

咄嗟に足を出して踏みとどまろうとしたが崩れきった態勢ではどうにもならない。それでも抱えた学長への土産だけは庇おうとした結果、したたかに肘と膝を石畳に打ち付けることになってしまった。

「っつう……」

硬い石のタイルの上でフィデルは顔をしかめた。抱え込んだ土産の箱は無事だったが、シャツの肘部分が少し破れてその隙間から血がにじんでいるのが見える。

——参ったな、これでは穢れを学長室に運んでしまう。

出直すしかないか、とフィデルは痛む膝を庇いながら立ち上がった。

「大丈夫ですか?」

不意に背後から声がかかった。先程の女子学生が戻って来たのか、と振り返るとごく薄い金色、いや違う、銀色の髪をぎゅうぎゅうにひっつめたおだんご頭の眼鏡をかけた少女が眉をひそめてこちらを見ていたのだ。

転んだところを見られた気恥ずかしさから答えを躊躇していると、少女は眼鏡の奥の目をフィデルの頭のてっぺんから足の先まで舐めるように動かした。そして肘に目を止めると、ポケットから白い布を取り出した。

「お怪我されているようでしたらこちらの布をお使いください。血が付いた布はご自宅で火にくべてもらえば大丈夫です。場は清めておきますし、ご心配でしたらここで消毒もできますよ?」

「は?　え?」

突然のことにフィデルは混乱し、言葉にならない声を上げた。しかし少女は血を見ても取り乱した様子もなく、担いでいた鞄の中から香水が入っていそうな小瓶を取り出している。かと思うとさっと小瓶の中の液体をフィデルが転んで肘をぶつけたあたりの床に垂らし始めた。

「な、なにをして……」

「消毒をしています。貴方の血に何か悪いものが入っているとは限りませんが、部外者の方ですよね？　血が付いてしまったところは念のために消毒をした方がいいと思って。貴方の傷も見せてください。擦り傷は油断しがちですが放っておくと化膿して熱を出すこともあります。学内で流行病が出たという話はありませんけど、万が一にも傷口から病気をもらうといけないので流してしまいましょう。ほら、シャツをまくって」

そう言うと、少女は強引にフィデルのシャツの袖をまくり始めた。驚いたフィデルが腕を払いのけるが、それでたじろぐ様子はなく二度、三度とシャツへと手を伸ばしてくる。

「い、いい！　結構だ！　大丈夫だから！」

「しかし小さな傷も侮ると大変な病気に発展することもありますよ。ここしばらく大きな流行病は発生していませんが、万が一ということも」

「いいから！」

フィデルが力いっぱい腕を振り払うと、少女はびっくりしたように目を丸くして動きを止めた。従僕がその目をまじまじと見つめ返すと、みるみるうちにしょんぼりと肩を落としてしまう。

「失礼いたしました。では、この布を当てておくだけでもしてください」

白い布をフィデルの胸に押し付け、少女はくるりと踵を返した。

しまった、とは思ったが遅い。フィデルが謝罪を口にするより早く、少女がぱたぱたと小さな足音を立てて遠ざかっていく。呼び止めようにも名前も分からないので、従僕はその背に手を伸ばしかけ、そして止めた。

「……やっちまった」

見ず知らずの、ただ親切にしてくれようとしただけの少女を怖がらせてしまった。高等学校も卒業し、既に成年と言っても差し支えない体格の男が大学生である少女に大きな声を出してしまったことが恥ずかしい。

華やかな女子学生に鼻の下を伸ばして転んで、親切にしてくれようとした女子学生に心配させて、しかも怯えさせた。もう恥ずかしいやら情けないやら踏んだり蹴ったりだ。何もかもユリウスのせいだ。仕事は仕切り直そう、そう思ってフィデルが来た道を引き返そうとすると大きな人影が視界の端を掠める。

「おや、ヴォルフザイン様のところのフィデル君じゃないか」

自身にかけられたおおらかな声は聞き覚えがある。顔を上げた先にいたのは、王立学校の紋章を刺しゅうされたローブを纏い、流れるような白髪と豊かな白いひげを蓄えた老齢の男性だった。今日訪問しようとしていたヘルマン学長その人である。

「どうしたんだい急に。卒業以来、ご無沙汰だったじゃないか」

「お、お久しぶりです学長先生。休みの日にぶらぶらとしていたら、近くを通りかかり懐かしさに釣られてしまいまして」

「そうかいそうかい。それはうれしいことだね。公爵家での仕事は順調かい？　おや、怪我を……？」

あ、とフィデルは少女から受け取った布を肘に当てた。自分より身分が高く、高貴な学長に血を見せるのはご法度である。早々に立ち去らねば、と手に持った土産を差し出した。

「お見苦しいところをお見せして申し訳ございません。また後日、謝罪とともに改めてご挨拶に伺います！」

渾身の力をもってフィデルは頭を下げた。土産を学長が受け取ったら、脱兎の勢いで逃げ帰るつもりだった。

しかし学長の方は土産には手を伸ばさず、暢気に白いひげをしごきながらわずかに湿った石畳の床を眺めている。そして中庭に目をやると、うんうんと小さく頷いた。

「学長先生？」

「ここに躓いたのかい。なるほど、近いうちに直させないといけないね。彼女が清めてくれたんだね」

「あの、申し訳ございません。僕がここで躓いてしまったので、通りかかった女子学生が助けてくれようとしまして……」

さすが、頼りになるねえと学長は満足そうな顔で笑った。その視線の先にいるのは、しょんぼりと肩を落としながら中庭の向こうを歩いている、先ほどの銀髪の少女だ。

「彼女ねえ。ものすごく優秀なんだよ。大学からの入学だというのに、諸侯の子息と遜色がないほど、いやむしろ彼らよりうんとかな。学問に対してとても真面目に取り組んでいるんだ。しかもご実家の男爵家できちんと教育されていたんだろうね。礼儀作法もちゃんとしているし、簡単な祈祷の言葉も覚えているんだ。たいしたものさ」

「男爵……家？」

悪い予感にフィデルが口を開くと、学長は大きく頷いた。

「ヴィックラー男爵は知っているかい？　王都の北東のほうに小さな領地を構えている家だよ。あまり裕福ではないようだけれど、娘がどうしても大学で学びたいというからといって入学金を融通してきたらしい」

学長の話を聞きながら、フィデルは中庭の少女の姿を目で追った。既に遠くまで行ってしまっていて、もう校舎に入りかけている姿は豆粒のようだ。

「文学や歴史もよくできるけれど、本人の適性は数学や生物などの自然科学に向いていると思うよ。来年には研究室に配属になるが、貴族の令嬢にしては珍しく卒業後には文官を目指したいと言っていてね。私としてはこのまま大学に残って研究職についてもらうか、あるいは教職についてもらいたいと思っているんだが」

さてどうなるかな、と学長は面白そうに呟いた。

なんということだろう。今日の調査の対象が、探りを入れるまでもなくこんな形で分かってしまった。おまけに何も聞いていないのにぺらぺらと学長がしゃべるおかげで、調査書類の項目が埋まっていってしまう。

学長の話しぶりから察するに、彼女は品行方正で学業は優秀、しかも怪我をしたフィデルを気遣える程度には周りを見ていて親切心もある。

これでは金目当てだとか、地位や顔に目が眩んで主に言い寄っているのではという線が消えてしまう。卒業後に文官を目指したいと公言しているということは、親が公爵に嫁がせたいと目論んでいるという線もない。

であれば、まさか、公爵自らがあの娘に興味を持ったということか。

どんな顔をしていた？　どんな声をしていた？　いったい公爵はいつ、どこで彼女のことを見初めたというのだろう。いや、でも男爵家の令嬢なんて、王家の次に高貴と言われる公爵の妻どころか恋人になることだって許したくはない。

しかし学長は白いひげを撫でながら、まるで自分の娘の話をするかのようにホクホク顔で男爵令嬢のことを話し続けている。もろ手を挙げて彼女を褒めたたえる学長の隣で、白紙の報告書に何を書いたら主が諦めてくれるだろうかとフィデルは途方に暮れながら考えていたのだった。

あとがき

この度は「疎まれ聖女、やり直し人生で公爵様の妹君の家庭教師になる～貴方、私の事お嫌いでしたよね？なんで今回は溺愛してくるんですか～」をお手に取っていただき、誠にありがとうございます。

はじめまして。著者のあおいかずきと申します。

「小説家になろう」で本作の連載を開始したのが令和六年三月のこと。その後およそ十カ月で出版という形で皆様のお手元にお届けできるようになるとは、当時は全く想像していませんでした。それもそのはず。この作品は好きな単語を並べたタイトルありきで書き始めた物語だったからです。

しかしいざ小説を公開すると、ありがたいことにたくさんの読者様から読んでいただくことができました。初めの想定で終わろうとした部分から、調子に乗ってお話を延長しちゃえ！と思いつくまま書き続け、気が付いたころには十万字を超える作品になっていたのです。

そのような、いわば行き当たりばったり的に始まった延長戦でしたが、こちらもたくさんの読者様に読んでいただくことができました。その結果書籍化のお声がけをいただき、連載時よりも大幅にボリュームを増やした「本」という形でより多くの皆様にお届けすることが叶い大変うれしく思っております。

しかし実際に物語を一つの本にするというのは、様々な方が関わる大きなお仕事なのだと知りました。連載を始めた当初の自分に、「この先、大人の社会科見学みたいな出来事が待ってるぞ」と教えてあげたい気分です。そして「エルネスタたちの住む世界は結構な広さがあるらしいから気合入れろ」「改稿大変だぞ」とも……。

さて最後になりますが、お世話になった方々に謝辞を述べさせていただきます。

拙い設定絵やキャラクターの説明から、素敵なキャラクターデザインを起こしてくださり美麗なイラストにしてくださった羽公様。

執筆中に私のノートパソコンが使い物にならなくなるというアクシデントが起こった際、マシンを貸与してくださったY先生。「小説家になろう」で連載中にイラストやキャラ絵を描いてくださったり相談に乗ってくださったりしたR様。熱い感想を送ってくださったA様。長年一緒に創作活動をしてくれているS。

もうだめだー、と毎日騒いでいた私を宥め見守ってくれた家族。

根気よくエルネスタたちの住む世界の話を聞いてくださり、気付きを与えてくださった担当様、およびTOブックスの皆様。

そしてこの本を手に取ってくださった皆様。

皆様のおかげで今日を迎えることができました。本当にありがとうございます。

それでは、また次の機会にお目にかかれることを願っております。

あおいかずき　ill. 羽公

疎まれ聖女、やり直し人生で公爵様の妹君の家庭教師になる 2

～貴方、私の事お嫌いでしたよね？なんで今回は溺愛してくるんですか～

だが、そこへ因縁の元婚約者《アルベルト》が現れて——?
私のものになりなよ
偽装なの、バレてる……!?

TOブックス
コミカライズ
連載最新話が
読める!!!!
「本好きの下剋上」をはじめとする
TVアニメ化作品盛りだくさん!!

漫画配信サイト
CORONA EX
コロナEX
TObooks
2nd Anniversary
詳しくはこちら!!
https://to-corona-ex.com/
2周年!!

アニメ化決定!!!!!

COMICS

第6巻 1月15日発売!

※第5巻書影　イラスト:よこわけ

コミカライズ大好評・連載中!

CORONA EX コロナEX TObooks

https://to-corona-ex.com/

白豚貴族ですが前世の記憶が生えたのでひよこな弟育てます

shirobuta kizokudesuga zensenokiokuga haetanode hiyokonaototousodatemasu

DRAMA CD

CAST
風蝶:久野美咲
レグルス:伊瀬茉莉也
アレクセイ・ロマノフ:土岐隼一
百華公主:豊崎愛生

好評発売中!

シリーズ累計 **60万部** 突破!(電子書籍も含む)

シリーズ公式HPはコチラ!

著 岬
ill. さんど
TVアニメ化決定！
穏やか貴族の休暇のすすめ。
A MILD NOBLE'S VACATION SUGGESTION

疎まれ聖女、やり直し人生で
公爵様の妹君の家庭教師になる
～貴方、私の事お嫌いでしたよね？
なんで今回は溺愛してくるんですか～

2025年1月1日　第1刷発行

著　者　　あおいかずき

発行者　　本田武市

発行所　　TOブックス
〒150-0002
東京都渋谷区渋谷三丁目1番1号　PMO渋谷Ⅱ　11階
TEL 0120-933-772（営業フリーダイヤル）
FAX 050-3156-0508

印刷・製本　中央精版印刷株式会社

ISBN978-4-86794-401-1